恋愛詐欺師はウブの虜

Splush文庫

contents

青山霊園《あおやまれいえん》のほど近くに鉛筆型の細長いビルが建っている。その四階に『スイフト・マーケティング社』——日本人なら誰でも百パーセント知っている食品会社、の孫会社がある。久《く》慈真己《じまなみ》の派遣先だ。

「お疲れ様でした、お先に失礼します」

午後四時半。真己の終業定時だ。デスク周りの同僚や先輩にきちんと頭を下げた真己は、そそくさと部屋を出た。冷房の効いたビル内から外に出ると、風はからっとしているものの、じわりと焼けるような強い日差しに襲われる。

「あっつ……」

小声で呟《つぶや》いた。九月も半ばを過ぎているが、まだまだ残暑が厳しい。日没まであと一時間といったところで、あたりは明るく、昼の暑さが引いていくのは深夜になろうと思われた。

入り組んだ住宅街の細道を、青山通りへ向かって歩く。無意識にうつむいて歩くことが癖になっている真己は、新卒社会人の二十二歳だ。

身長は標準、体つきはやや細め。くっきりした二重で涼やかな形の目をしているが、黒目がちの瞳なので冷たい印象にはなっていない。高くないが形のいい鼻と、ちょっと厚めの唇。近くのコインパーキングに停めてある車の下で寝ている猫を見て、思わずといった具合にほほ笑んだ顔を見れば、十人中六人はイケメンだという容貌をしている。社会人になって日々スーツを着ているが、なまじイケメンゆえに、量販店で買った一番安いスーツが借り着のように見えて、とても残念なことになっている。けれど生活が厳しくて、よいスーツが買えないのだ。

「今日の夕飯どうするかな……豚こまがまだ残ってるから、もやしとちくわを入れて炒めるか……」

ちょうど焼き肉店の横を歩いていたので、焼き肉のいい匂いがして、真己はごくりと喉を上下させた。ああ厚みのある肉が食いたいと切実に思う。

「実家帰れば肉食わせてくれるだろうけど……帰りづらい……。俺が派遣社員だって、親は知らないし……」

つい先日も盆の帰省で一泊だけ帰ったが、両親は息子が「日本人なら誰でも百パーセント知っている食品会社」の「正社員」だと思っている。そんな大企業で働いていることを喜んでいる両親の顔を、真己は後ろめたさでまともに見ることもできなかった。なにしろ就活が全滅したことを言い出せなくて、第一志望の「日本人なら誰でも百パーセント知っている食品会社」に内定がもらえたと嘘をついてしまったのだ。内定通知書やら社員証やら見せてくれと言われなかったことは本当に幸いだった。

「バレる前にどこか就職できれば……っ」

転職したと言えるのに、と思った。

ともかくもしばらくは豚こまと挽肉《ひきにく》で乗り切ろう。肉が食えるだけ恵まれてるんだ、と自分を慰めていた時だ。前方のマンションから出てきた男に目が留まった。

「……チャラチャラしやがって」

いかにもホストです、というような身なりだった。この暑いのに、紺にも紫にも見える三つ揃いをビシッと着ている。けれどシャツのボタンはかなり開けているし、当然ネクタイはしていない。しかもアイドルかビジュアル系のバンドでもやっている人ですか、と思うような派手な髪型をしていた。とても勤め人には思えないので、やはりホストか水商売系だろうと思われた。

「これから出勤かよ、いいご身分だな。青山住まいなんて稼いでるんだろうな。……厚みのある肉なんて毎日食ってんのかな……売れっ子ホストなのかな……肉、羨《うらや》ましい……」

妬《ねた》みが純粋な羨ましさに取って代わる。それくらい、真己は厚みのある肉が食べたかった。

男がこちらへ向かって歩いてくる。ちらちらと男を見ていた真己は、距離が縮まるにつれ、男の容貌が身なりとまったく合っていないことに気づいた。

(イメージ、エリート弁護士って感じじゃん)

クールでありながら色気もあるイケメン……というより美男といったほうがしっくりくる顔立ちだった。表情一つ変えずに法廷で検察をやり込めていく様子が簡単に想像できる。それくらい、理知的で理性的な雰囲気が感じられた。

(これで女の人を接待する時は作り笑いするのか……。こんなイケメンに笑いかけられたら、男でもときめくだろうな……）

もったいないな、と思った。死ぬほど勉強して弁護士にでもなっていれば、この顔だからテレビにも出られただろうし、ホストと同じくらい稼げたかもしれない。先の見えない水商売よりもずっと暮らしが安定するはずなのにと思った。

「いや、それはまあ、俺もそうだけどさ……」

それなりの四大を卒業したのに、就活は全滅、派遣社員で食いつないでいる状況だ。学費どころか一人暮らしの真己に仕送りまでしてくれた両親に、本当に顔向けができない。

ため息をこぼしてそんなことを考える真己の視線の先で、男が煙草《たばこ》に火をつけた。歩き煙草反対、と心の中で真己は言う。男はくわえ煙草で煙を吸うと、それを吐くついでに足を止めて上を見た。上に煙吐くって機関車かよ、と真己が内心で突っ込んだ時だ。マナー違反も極まれりといった具合に、プッと煙草を吐き捨てた男が、ロケットダッシュの勢いで両手を広げて真己に襲いかかってきた……としか思えないふうに突進してきたのだ。

「えっ、なっ、……!?」

あまりに予想外なことが起きると、人間はともかく頭を守ろうとするのかもしれない。真己もとっさに腕で頭をかばい、膝を曲げて変な中腰のまま固まった。男はニヤリといったふうな、質の悪そうな笑みを浮かべてこちらへ突進してくる。心底怖い、と真己は怯《おび》えた。ムカついていたからという理由で殴られるのだろうか、突き飛ばされるのだろうか、ヤクザキックされるのだろうか、ああ俺、運が悪い、と一瞬のうちに考えていると、男がドシッと

真己に抱きつき、抱き上げ、クルンと一回転した。

「……っ!?」

殴られるほうがまだ予想できた。まるで映画の中の恋人同士のようなことをされて、真己の頭の中は真っ白というか空白になった。抵抗するということすら思い浮かばない。茫然《ぼうぜん》としていた次の瞬間、ガシャッ！　といういやな音が間近でした。ほとんど反射で音のしたほうへ視線を向けた真己は、歩道上で砕け散っている鉢植えを見て、全身に鳥肌を立てた。どう考えても上から落ちてきたのだ。これまた反射で頭上を見たのと同時に、男が、見るな、と言った。だが手遅れだ。真己はしっかりと見てしまった。五階か六階あたりの部屋のベランダから、有名ホラー映画の怨霊《おんりょう》のような髪の長い女が半身を乗りだし、次の鉢植えを手に取って、頭上に掲げるところを。

「ヤバい……」

無意識に真己が口走ったのと同時に、男は真己を抱えたまま車道へと走った。背後でまたしても、ガシャッ！　という恐ろしい音がした。

「嘘だろ……っ」

心情的に自分が狙われた気分だ。足がすくんでしまった真己に、鋭く男が言った。

「立ち止まるな、歩けっ」

「は、はい……っ」

男は車道に出ると、タイミングよくやってきたタクシーを停めて、真己を車内に押し込みながら言った。

「とにかく逃げるぞ。刺されたらたまらん」

「……っ」

刺される!?　真己は声も出せずにシートの上で固まった。

「新橋駅《しんばし》」

男がドライバーに言う。すぐさま走りだしたタクシーの中で、ふー、と長い息をついて男が言った。

「危なかったな。あのまま歩いてたら、あんた、鉢植えに直撃されてたぞ」

「……」

こくこく、と真己はうなずいた。今さら体がふるえてきて、カチカチと歯も鳴って、言葉が喋《しゃべ》れない。男は上着の胸ポケットから煙草を取りだしたが、窓に貼ってある禁煙のシールを見ると煙草はしまい、代わりにミントのタブレットを口に放り込んだ。

「食うか？」

「い、いえ……、た、助けて、くれて、あ、ありが……」

「礼はいい。あんたの都合のいいところで降ろしてやる。どこがいい？」

「ち、千代田《ちよだ》線の、駅の近くが……」

「わかった。運ちゃん、千代田線の駅んところでこの子降ろしたいんだけど」

ドライバーが了解する。男はちらりと真己を見ると、眉を寄せて言った。

「顔色真っ青だぞ。一人で帰れるか？」

「大、大丈夫……です……」

「ならいいけどよ」

知的でクールな美形だというのに、口調は乱暴だ。頭に鉢植えを二個も落とされそうになったというのに、この落ち着きぶりが信じられない。やはり夜の仕事をしていると、いろいろと肝が据《す》わる出来事に遭遇するのだろうかと、なんだかクラクラする頭で思った。

表参道《おもてさんどう》駅のそばでタクシーから降ろしてもらう。ドアが閉まる前に、そうだ、と男が言った。

「ないとは思うが、ヤバいことになったら連絡くれ」

「や、ヤバいことって、な、なんですか……」

「まあないと思うけどな。念のためだよ」

男はそう言って、真己のスーツのポケットに名刺らしきものを突っ込んできた。それから、ほら、と言って真己の手を取ると、手のひらに五百円玉を載せた。

「駅の売店で甘いもの飲みな。そのまま電車乗ったら、あんた倒れるよ」

「お、お金、お返しします、自分で買いますから……」

「迷惑料だよ。五百円じゃ割に合わねぇってことになるかもしれないしな」

「え、え？」

「じゃ、お疲れさん」

男はまたしてもニヤリと笑う。同時にタクシーのドアが閉まった。たちまち走り去っていくタクシーを見送った真己は、地下鉄駅へ足を向けながら、なんなんだよ、と呟いた。

「女の人に鉢植え落とされるようなホスト……」

怖すぎる、と思った。痴話喧嘩《ちわげんか》にしても激しすぎるだろう。鉢植えがヒットしていたら、あの男はよくて大怪我、当たり所が悪ければ死んでいたのに。毎日肉が食べられていいなと思っていたが、あんな恐ろしい目に遭《あ》うくらいなら、派遣社員でいいと心底思った。

「そうだよ、あんな……」

鉢植えが路面に激突した時の、ガシャン！　という音を思いだすと、ふるえが起こる。努めてなにも考えないようにしながらふらふらと地下鉄駅の階段を降りたが、途中で急に足下から寒気が広がって、なんともいえない気分の悪さに襲われた。

（これはヤバい）

男の予言したとおり、このまま電車に乗ったら倒れそうだ。真己は売店に寄ると、押しつけられた五百円で冷たくて甘い飲み物を買った。座りたいがベンチはホームにしかない。なんとか改札を抜けてホームの端まで行くと、運よく空いていたベンチに崩れるように座った。ホームは蒸し蒸しする暑さで、ますます気分が悪くなる。慌《あわ》てて飲み物のタブを開け、ふるえる手で飲んだ。

しばらくそうして休んでいると、気分の悪さも治まった。きっと動揺して緊張して、とにかく混乱していたから、体調がおかしくなったのだろうと思う。

「恐ろしい目に遭った……」

しみじみと呟き、ちょうどホームに入ってきた電車に乗った。


ホストの痴話喧嘩に巻き込まれ、危うく頭に植木鉢の直撃を食らいそうになってから数日後だった。

「お疲れ様です、お先に失礼します」

本日も午後四時半きっかりにデスクを立った。社員たちからお疲れという言葉をもらってそそくさと部屋を出る。エレベーター待ちをしていると、久慈くん、という聞きたくない声がした。

「……はい……」

いやいや振り返ると、思ったとおり、相手は苦手な先輩女子社員、糸川《いとかわ》だった。糸川は真己の三つ年上で、南方系の美人でスタイルも抜群だ。小耳に挟んだところによると、仕事もバリバリにこなしている才媛《さいえん》らしい。たいていの男ならお付き合いしたいと思うだろう女性で、事実、糸川は社内の男性陣に人気だ。けれど糸川は彼らではなく、なぜか真己に接近してくる。糸川はにっこりと笑って言った。

「お肉料理がおいしいバルを見つけたんだ。行かない？」

肉、と真己の心はときめいたが、しかしプライベートで食事に行ったら後々なにを言われるかわからない。なにしろ糸川は、それとなく、さりげなく、セクハラをしてくるのだ。糸川本人は真己の気を惹《ひ》こうと思ってのことだろうが、好意を持っていない女性からボディタッチをされるのは不快だ。

（肩揉んだりとか、俺の腕に手をつけて喋ったりとか、ホント微妙なんだよな……）

あからさまに尻とか腿とかさわってくれればセクハラですときっぱり拒絶できるのに、と思う。糸川を狙っている男性陣が聞いたら総攻撃されそうなことを思い、腕や背中をさわられないように警戒しながら、糸川に作り笑顔で答えた。

「ありがとうございます。でも俺、外食できるほどお金持ってないんで、すみません」

「おごるわよ。バルだもん、お腹いっぱい食べたってそんなにかからないし」

「いや、おごりとか気が引けるタイプなんで。ホントすみません」

「じゃあ割り勘にしてあげる。久慈くん、たくさん食べていいからさ。もちろん飲んでもいいんだよ？」

「いやホント、お金きついんで。ファミレスで昼飯とかならいいですけど」

「だからおごるって言ってるのに。実はさ、久慈くんの今後のこととか聞きたかったんだよね」

「今後のことと言いますと……」

「うん。派遣じゃなく、うちの準社員になる気はないのかなって」

真己はドキリとした。なれるならなりたい。準社員になれれば、この社では正社員への道が開かれる。目の色を変えた真己に、糸川はふふふと笑うと、隙だらけの真己の胸にペタリとふれ、間近から真己を見上げて囁《ささや》いた。

「また今度、ごはんに誘うわ。その時は付き合ってくれると嬉しいな」

糸川は、わたしなら準社員にしてあげられるというような、謎めいた微笑を見せると部屋に戻っていった。

通路に残された真己は、準社員、と口の中で呟くと、やってきたエレベーターに乗り込んだ。

「どういうことなんだ、糸川さん、役職ついてないのに人事に口出しできるのか……?」

もし本当に準社員に推薦してくれるのなら願ったりだ。だが、なぜ自分を? という疑問が拭《ぬぐ》えない。派遣されてまだ半年だし、任されている業務だって各種伝票や注文票をパソコンに入力したり、郵便物を仕分けしたり出しに行ったりといった、事務の補助的な仕事だ。そんな仕事しかしていない自分を準社員に推したいと思う理由がわからない。そしておいしい話には注意すべきだと警告する自分がいる。だいたい糸川のことは、見た目と、仕事ができるということしか知らないのだ。それは糸川のことを知っているうちに入らないだろう。

「……急には信用できない。気をつけて糸川さんのことを見ていよう」

人付き合いに慎重な真己はそう思った。

今日も誰かと会う約束はないし、どこかへ行く用事もないので、真っ直ぐに自宅へ向かった。真己が間借りしている部屋は、町屋《まちや》駅から徒歩十五分の場所にある。千代田線と京成《けいせい》線、二線使える便利な場所だ。一階は昔からここで商売している酒屋で、二階は元々は住み込みの従業員用の部屋だったらしいが、今は従業員を雇うほど繁盛していないし、商売も縮小したので、空いた部屋を貸しに出したのだそうだ。それを借りたのが真己だ。Σ《シグマ》を横にしたような恐ろしく変な形の部屋で、元が住み込み従業員の部屋だったので、風呂はついていないしトイレは一階のものを使うという不便さだ。その代わりに家賃は相場よりもかなり安い。台所だけは、小さいながらもちゃんとガスコンロが置ける流し場をリフォームで増設してくれているので、外食で無駄な出費をしなくてすんで助かっている。

町屋駅まで戻ってくると、駅前のスーパーでもやしと挽肉と天かすを買って家に帰った。酒店の裏手のお勝手口を開け、ただいま、と店番をしている奥さんに言うと、奥さんが振り返って言った。

「お帰り〜。婚約者さんが来てるよ」

「は？」

「綺麗《きれい》な人だね〜。部屋に上がって待ってもらってるから、早く行ったげな」

「あ、は？　え？」

真己は混乱した。生まれてからこれまで、婚約者どころか彼女がいたことすらない。イケメンだからもちろんずっとモテていた。誰とだってそこそこ話せるからコミュ障ではないし、学生時代は友人もたくさんいた。とりあえずはリア充の括《くく》りに入っていた。それなのに彼女がいなかったのは、人柄や価値観がわかってからでないと、深く付き合いたいと思う気持ちにならないからだ。つまり、可愛《かわい》かったり綺麗だったりする女の子から告白されても、今は友達としか思えない、友達からでいいなら、と答えてきた。本心だからだ。けれど女の子にとっては振られたことになるわけで、その子とは友人になるどころか距離を置かれた。ゼミやサークルで友人付き合いをしている女の子には、この子、いい子だな、付き合いたいな、と思うこともあったが、その時にはすでにその子には彼氏がいる、というのもいつものことだった。

そんな真己に婚約者など存在するわけがない。

「婚約者ってなんだ、誰だ、女？　男の友達にしかここの住所教えてないぞ……」

変な汗をかきながら階段を駆け上がった真己は、格子《こうし》の桟《さん》に模様ガラスを嵌《は》めた引き戸を勢いよく開けた。

「……ちょっとあんた誰？」

こちらに背を向けて正座していた女に尋ねた。腰まで届く長い髪の女。あれ……、と真己がいやな予感を覚えたのと同時に、女がゆっくりと振り返った。きつい感じの美貌を、まるで般若《はんにゃ》のように歪《ゆが》めている。

「うわぁっ」

真己は情けなく悲鳴をあげた。これは多分、きっと、間違いなく、数日前に真己たちへ向かって鉢植えを落としてきた、あの女だ。なんであの女がここにいるんだ、と尻餅をつきそうなへっぴり腰になった真己の前で、女はバッグに入れていた手を出した。握られているのは工作用の大きなカッター……。

「ちょっ」

「人の男、寝取りやがって、このクソホモ野郎ーっ」

「わあぁぁっ」

バネ仕掛けか、と思うほど、まさにビョンというふうに飛び立ち上がった女が、カッターを振りかざして襲いかかってくる。真己は悲鳴をあげて、昇ってきたばかりの階段を、ほとんど飛び降りるようにして降りた。ドンドンドスン、という音で、レジ番をしている奥さんが顔をしかめて振り返った。

「久慈くんー？　静かに、…」

「奥さん、警察ーっ」

「え、なに、え!?」

説明している暇はなかった。女が、こちらは本当に階段を落っこちて来て、腰だか尻だかをしたたか打ち付けたのだろう、階段下にうずくまったまま、鬼の形相《ぎょうそう》で真己を睨《にら》みつけているのだ。真己は脱兎《だっと》のごとく逃げ出した。

「なんだよ、なんであの女が俺の部屋にいるんだよ、なんで俺を襲うんだよ、わけわかんねーよ……っ」

下町ながらの入り組んだ路地をめちゃくちゃに走った。

「振り返るな、振り返ったら追いつかれる……っ」

あの鬼のような形相を思いだす。とても人間とは思えない。悪霊なら足が速いはず、と根拠もないことを思い、闇雲に走っているうちに大通りに出た。車道に飛び出すと、猛烈なクラクションの抗議を受けたものの、数台向こうにタクシーを見つけることができた。

「タ、タクシー！　タクシーッ！」

自分からタクシーに駆けより、開けられたドアの間からねじ込むようにシートに乗り込んだ。

「し、新橋までっ」

無意識にそう口走っていた。あの女から、あの女と痴話喧嘩したホストに連想がいき、ホストが新橋と言っていたから真己も新橋と言った、それだけだ。学生時代ですらこんなに全力疾走したことはない。タクシーの中でなんとか荒い呼吸を整えると、全身に冷や汗をかいていることを知った。

（どういうことだよ、なんなんだよ……）

あの形相を思いだすと新たに冷や汗がにじむ。あの女は、人の男……恐らくホストのことだろうが、寝取ったと真己を罵《ののし》った。事実無根だ。ホストとはあの日、あの時が初対面だし、真己は女はもちろん男とだって付き合ったことはない。なんでこんなひどい誤解を受け、しかも家にまで押しかけられ、カッターで襲われなければならないのか。あの女がまた家に来るかもしれないと思うと、もう帰れないと思った。警察に相談しても、痴話喧嘩としてまともに相手をしてもらえないだろう。どうすりゃいいんだと混乱している頭で考えていた真己は、ホストの言葉を思いだした。

『ヤバいことになったら連絡くれ』

今がまさにそのヤバいことだ。

「名刺、名刺もらったはず……っ」

上着のポケットを探った。真己はリクルートスーツと、量販店で買ったスーツの二着しかない。それを交互に着ている。なるべく傷まないように気をつけているから、上着のポケットにはハンカチすら入れない。あの日着ていたスーツを今日も着ているなら、名刺はポケットに入ったままのはずだ。手汗をかきながらポケットに手を突っ込んで、はぁ～……、と長い息をついた。

「あった、あったよ……よかった……」

名刺を取りだして見てみる。

「……株式会社クシュブルーム？　ホストクラブの親会社か……？」

社名と住所、電話番号しか書いていない。ホストの名前というか源氏名もないし、ホストクラブの名前も書いていないことから、親会社の名刺なのだろうと思った。住所は西銀座《にしぎんざ》とある。真己は名刺を見ながらドライバーに住所を告げた。了解の返事をもらい、やっと安堵《あんど》した真己は、背もたれに体をあずけて大きく息をついた。あのホストに会えば、般若の女をなんとかしてくれるだろう。いや、なんとかしてもらわなくては困る。

「俺は関係ないってことを、しっかり言ってもらわないとっ」

真己は混乱と恐怖で汗ばんでいる手を、何度も握ったり開いたりした。


「ここですよ」

「え、ここ……？」

タクシーが停まったのは、新橋のＪＲ高架下をくぐるトンネルの途中だった。とまどう真己にドライバーが言った。

「そこが入り口ですよ」

「……え!?」

言われて歩道側の壁を見た真己は、嘘だろ、と思った。高架の真ん中をくりぬいた、トンネルのような通路の入り口が、ぽっかりと口を開けているのだ。開け放たれているガラスドアの中を見ると、照明はついていたが薄暗い。ドアの上部には、所々パネルが欠けていたが、マーケットと読める。

「……商店街……？」

唖然《あぜん》とした。新橋のレンガ造りの高架は有名だが、外側の飲み屋街ではなく、内部にも店舗があるなど思ってもみなかった。ドライバーに礼を言ってタクシーを降りると、人の気配を感じないトンネル内を恐る恐る覗いてみた。

「……怖……」

天井の低い通路がずっと向こうまで一直線に続いている。幅は人が三人並べる程度の狭さで、両脇には商店らしきものが並んでいたが、ほとんどの店がシャッターを下ろしている。あちらにぽつん、その向こうにぽつんと飲食店らしきものの看板に灯が点《とも》っていたが、こんなところに本当に客が来るのかと思うほど恐ろしい雰囲気だ。天井の蛍光灯が寒々しく路面を照らしているだけで、本当に誰一人歩いていない。真己はごくりと喉を上下させ、通路に踏み入った。頭上ではJRの電車が走っているはずだが、真己の靴音しか聞こえないほど静かだ。まるでホラー映画のセットの中に入り込んでしまったように現実味がない。

（怖い怖い……、誰か通らないかな、いや人が来たら来たでそれも怖い……）

こんなところにホストクラブの親会社があるのだろうか？　名刺の住所はでたらめなのではないか？　今さらそんなことに思い当たった真己は、引き返そうかと思ったが、引き返したところで家にも帰れないのだ。

「……とにかくあのホストに会わないと」

もう一度名刺を見る。住所には『B1』と書いてある。こんな不気味な元商店街らしきものの、さらに地下かよ、と真己はいやすぎて変な汗をかいた。相変わらず人が来る気配がない通路を、怖くて足早に歩く。途中で危うく通り過ぎそうになったが、階段口を見つけた。鉄格子でできたアコーディオンドアが閉まっている。この先危険と言っているように思えて、恐ろしくて行きたくない気持ちがふくれあがったが、カッターを振り回す般若の女を思いだし、あの女にまた襲われるより、この不気味な階段を降りるほうがマシに思えた。汗ばむ手で、思いきって鉄格子の扉を引いてみた。

「……っ、なんだよ、ふつうに開くじゃないか……」

ガシャガシャと耳障りな金属音はしたものの、抵抗なく開いたことから、ちゃんとこの扉は日常で人が利用しているのだとわかった。真己は乾いた唇を舐《な》め、駅の階段そっくりなコンクリートむき出しの段を降りた。

「俺は今、新橋のあのレンガの高架の中の、さらに下にいるのか……」

まるでゲームの隠し通路の中を歩いている気分になる。折り返しがあるものの短い階段を降りきった真己は、地階通路に出て、あれ、と意表を突かれた。一階と違い、地階通路にはクリーム色のビニル床材が貼られていて、それが天井の蛍光灯の光を反射して、一階よりもよほど明るかったのだ。なんとなくホッとして通路に出てみると、壁に左右を示す矢印が貼ってあって、その下に、小さく切ったコピー用紙やプラスチックや木製の札が貼ってあった。この地階に事務所を構えているテナントが、うちの事務所はこっちです、と案内しているのだ。

「読めない文字もある……いろんな国の事務所が入っているんだな。ええと、株式会社クシュブルームは……」

左の矢印の下に、ホストに貰ったものと同じ名刺が無造作にピン留めされていた。それに従って通路を左へ進む。通路の右側は耐震化のための鉄骨がむき出しのままX字に連なっている。左側には等間隔に、磨りガラスの嵌まった木製の扉が並んでいた。映画で見た昭和初期の役所のようで、今が平成の終わりだという感覚が消えていく。

一階同様、誰一人歩いていないが、明るい分、怖さは半減した。通路のちょうど中ほどに、磨りガラスの下に真鍮のプレートが取り付けられている事務所があった。プレートには『株式会社クシュブルーム』と彫ってある。

「こ、ここ、だ……」

真己はゴクリと唾を飲み、そっと扉をノックした。応えがない。もう一度、今度はしっかりとノックする。すると、

「はい、どなたーっ!?」

今度は応えがあった。真己は軽く咳払いをして、そっと扉を開けた。

「あの……」

開けた瞬間、とてもこの不気味な場所には似つかわしくない、濃厚な花の香りがした。そうして思いだした。そういえばあのホストから、これと同じような匂いがしていた。

（ここにいるんだ、よかった……）

事務所に入る。入ってまず目についたのは、左側と扉正面の壁一面に据え付けられている、木製の飾り棚だった。そこに化粧品のような小ぶりで綺麗な紙箱がずらりと並べられている。

（あれ、ホストクラブの親会社じゃないのか？　化粧品会社？）

またしても予想外な事態に直面し、真己は動揺した。そろりと右手を見ると、なんとも

立派なマホガニーのデスクがドンとあり、その向こうに眼鏡を掛けたスーツ姿の男性がいた。こんな怪しげな場所にある事務所には似つかわしくない、ものすごくデキるビジネスマンという感じだ。その男性にしなだれかかっているのは、チャイナロリータ服としか言いようのないド派手なミニワンピースを着た美少女だ。女子高生ほどの年齢に思える美少女が、なぜこんな怪しげな事務所にいるのだろう？　ふつうの化粧品会社じゃないのかも、と思った真己が言葉を失っていると、男性が、お、と言った。

「カワイコちゃんの登場だ」

「誰？　つかゾエ、こういう甘ったれた顔が好みなの？　知らなかった」

「甘ったれというか、おっとりお上品な顔だろ。この世の悪事とは無縁て感じで、ヒーヒー泣かせたくなってムラムラする。誰かは知らん。罠を仕掛けてる時にたまたま通りかかった不幸な青年だ。俺のところに来たってことは、ブリーダーに見つかったのかもしれない」

「ダセェ、なに一般人に迷惑かけてんだ」

「ちゃんと始末はつけるよ」

男と女子高生は意味のわからない会話を交わしている。二人からじろじろと観察されながら、真己は思いきって声をかけた。

「あの、こちらに……、ええと……」

あのホストのことをなんと言えばいいのか、今さらわからなくて困惑した。

「その、数日前に青山にいた、御社のホスト、えーと、社員、のかたにお会いしたいんですが……」

真己が言ったとたん、女子高生がゲラゲラ笑った。

「ホストっ、ホストだってっ！　そのホストって、こういう奴!?」

笑いながら男の背後に回った女子高生は、男の眼鏡を取ると、綺麗に横に流している髪をぐしゃぐしゃと手でかき回し、ふんわりとさせた。その顔を見た真己は、目を丸くし、口まで開けた。そこにいたのは紛《まぎ》れもなく、あの日青山の歩道で植木鉢を落とされた、あのホストだったのだ。

「あ、あっ、あなた……!?」

「ようこそ二度目まして。水流添大介《つるぞえだいすけ》です」

男……水流添はニヤリと笑った。植木鉢を落とされたあの時に見せた、質の悪そうな薄い笑みだった。


「とにかくなんとかしてください。誤解を解いてください。このままじゃ家に帰れないので」

デスクの前に置かれた椅子を勧められて腰掛けた真己は、真っ直ぐに水流添を見つめて訴えた。デスクの上では女子高生が、組んだ足をぶらぶらさせて座っている。けれど真己はニーハイを穿《は》いた綺麗な足をちらりとも見ない。水流添はうんうんとうなずいて真己に尋ねた。

「あんた……、ああ、名前はなんて言うんだ」

「久慈です。久慈真己」

「マサミ？」

「真己です。ま、な、み」

「へぇ、真己ちゃんか。綺麗な顔にお似合いだ」

水流添はニヤリと笑った。どうも馬鹿にされている気がして真己が眉を寄せると、女子高生が水流添に言った。

「こいつ俺の足、チラ見もしないんだけど」

「ＪＫにもニーハイにも興味ないんだろ」

「は？　なにこいつ、ゲイなの」

「俺もおまえに興味ないよ。仕事行け」

「こないだの報酬、まだもらってないーっ！　払え、今すぐっ」

「金ならとっくに振り込んだ」

「金じゃねぇんだってー、わかってるだろ!?」

女子高生はそう言って、プールサイドの子供のように足をばたばたさせた。人が真剣な話をしに来ているのに、この人たちはなんなんだ、と真己の眉がいっそう険しく寄る。水流添が気づいて、悪い、と言った。

「真己ちゃんの問題は把握した。今日中になんとかする」

「本当に頼みます。俺は巻き添えを食っただけなんです。なんであの女が俺を襲いに来るのかわからないし」

「俺の新しい恋人だと思ったんだよ」

「はあ!?　あの時が初対面じゃないですかっ」

「だからさ、ブリーダーを、ああ、あの女ね。あの女と別れ話しててさ、なんで別れたいんだって聞かれたから、ほかに好きな奴ができたって言ったんだ。よくある嘘だろ？」

「知りませんよ」

「とにかく、そう言ったんだ。下に待たせてるからもう帰るわって言ってマンション出たら、真己ちゃんがいたと」

「そ、そんな、それじゃ、あのカッター女は、俺をあなたの新恋人だと、ガッツリ思っている……」

「思ってるだろうな。男ってところが意外だったかもしれないけど」

「いや、それ、マズいじゃないですかっ、ああもーっ、だからうちにまで来たんだっ、寝取ったって言われたんですよ俺っ」

「そりゃ悪かったね。……俊《しゅん》、人前でやめろ」

　ちっとも悪いと思っていない口調で言った水流添が、女子高生の頭をグイと押しやる。真己の気を引けないとわかった女子高生が、デスクの上でくるっと回転し、水流添の首に抱きついてキスをねだり始めたからだ。この状況にも目を見開いた真己だが、女子高生に向かって水流添が「俊」と呼びかけたことにももっと驚いた。

「俊って……、女子高生……っ、男!?」

思わず口走っていた。チャイナロリータ服の女子高生は、デスクに手をつくと半身を振り返り、小悪魔的な綺麗な顔でにやっと笑った。

「男でーす」

「……」

女装子。言葉は知っていたが、見るのは初めてだ。しかも、どこをどう見ても、ハイティーンの美少女にしか見えない。言葉を失った真己に、水流添が言った。

「うちの社員だ。俊のことは無視してくれ。俺は真己ちゃんを襲った女にとどめを刺してくる。その間、真己ちゃんはここで電話番してててくれ」

「……、はい!? とどめって!? 電話番て!?」

「家に帰れないいんだろ? 女を始末してくるまでここにいろ」

「いや、困ります、そんなこと急に言われてもっ、それに始末ってなんですか、まさか殺す……」

「真己ちゃんは知らなくていいことだ」

「……」

真己は全身の血がザーッと下がったのを感じた。自分はとてつもなく危険な男の前にいるのではないか。これから人を殺すと言っている水流添を、このまま放置していていいのか。

止めなくていいのか。共犯にならないか。真己が混乱した頭でめまぐるしく考えている間に、水流添はさっさと奥の部屋へ行ってしまった。椅子に腰掛けて固まっている真己に、またしてもくるっとデスクの上で回転した俊が、綺麗な足を組んで言った。

「べつにブリーダーを殺すわけじゃないから安心してなよ」

「……で、でも、始末って……」

「始末って本来は人を殺すって意味じゃないだろ。あんたホント高等教育受けてきたの？」

「……」

俊にフンと鼻で笑われてカチンときた。美少女にしか見えない男子高校生、つまり年下に馬鹿にされると、自分が馬鹿なのがいけないのに腹が立つ。ものには言い方ってものがあるだろう、と心の中で言うと、まるでそれが読めたように俊が言った。

「真己だっけ？　あんたいくつ？」

「二十二だけど」

「なら俺のほうが年上だ。俺、二十三」

「え!?」

「敬えよ？」

俊はニヤニヤと笑った。

「ちな、俺いつもこんな格好してるわけじゃないから、勘違いすんなよ？　仕事だから」

「え……と、ホストクラブじゃなくて、ゲイバー、ですか……？」

俊が年上とわかり、とりあえず丁寧語で尋ねる。俊は声を立てて笑った。

「うちは貿易会社だよ。そこに商品、並べてあるだろ」

「え、あ……」

真己は後ろを向いて、飾り棚に並んでいる綺麗な紙箱を改めて見た。

「化粧品の輸入ですか……？」

「化粧品つーかアロマ関係。インドから直輸入してサロンに卸《おろ》してんだ」

「専門商社ということですか……」

「そ。事務所の住所が銀座だと箔《はく》が付くだろ。商談はゾエが向こうに行ってするからここにお客が来ることはないし。隣の部屋を倉庫に借りてるけど、まー、こんなところだから、二部屋借りてでもそのへんのレンタルオフィス借りるより安くつくわけ」

俊の説明を聞いて、なるほどな、と真己は納得した。それにさっきの水流添は、本当にエリートビジネスマンに見えた。眼鏡と髪型でこうも違って見えるのかと驚きながら俊に言った。

「それなら俺、本気でただの痴話喧嘩に巻き込まれたんですよね？　襲われる理由、ないですよね？」

「天才的に運が悪かったねー。ほかに好きな奴ができたって言って嫉妬を煽《あお》るのは、ゾエのいつもの手口なんだけど、ちょうどそこに真己がいたんだなー」

「でもあれ、上から見てればわかったと思うんですけど、水流添さんは俺を植木鉢から守ってくれただけなんです、俺、会社から帰るところでふつうに歩いてたし、あの場所で水流添さんを待ってるようには見えなかったはずだし……」

そう言った時、水流添の声がした。

「わかってないから真己ちゃんの家に行ったんだろ」

「え……、うわっ」

水流添を見て仰天《ぎょうてん》した。さっきまでエリートビジネスマンだった水流添が、あの青山の歩道にいたホストに変身しているのだ。本日は黒のシャツに黒の三つ揃いで、ご丁寧に胸ポケットに赤い薔薇《ばら》の花を挿《さ》している。俊がそれを見てゲラゲラ笑った。

「どこの安いホストだよっ」

「そういう安いホストみたいな男が好きってんだから、しょうがねぇだろうが」

「真己が、ゾエがブリーダー殺すんじゃないかってビビってんだけど」

「殺すっちゃあ、殺すだよな」

水流添は平気な顔で物騒なことを言う。真己の血がまたしてもザーッと下がり、耳鳴りまでしてきた。

(こ、殺す、殺すって、言ったぞ……、あの女を、殺す……殺人……)

俊に、真己？　と呼びかけられた瞬間、ガタッと真己は乱暴に椅子を立った。

「……帰ります……」

殺人の共犯になるつもりはないし、殺人を犯そうとしている人間にやめろと言う勇気もない。警察を呼ぶなんて言ったら自分が始末されてしまうかもしれない。ここは逃げるのが正解だと思った。ところが扉へ一歩踏み出したところで膝が笑い、視界が暗くなっていった。耳鳴りが起こり、歩くどころか立っていることすらできなくなる。真己がその場にしゃがみ込んでしまうと、あー、という俊の声が、耳鳴りの向こうから聞こえた。

「脳貧血だな。真っ青通り越して真っ白な顔だったし」

「腹が減ってたのか？　血糖が下がってんのか」

「つーかゾエが怖いんだろ。殺すとか始末とか言うし。緊張しすぎるとぶっ倒れるってゆー、あれじゃないの」

「なら、転がしときゃ復活するな」

そう言うや、水流添はしゃがんでいた真己の肩を押しやり、床にごろりと転がした。まるで荷物の扱《あつか》いを受けた真己だが、苦情も言えないくらい状態が悪かった。けれど横になったことで少し耳鳴りが治まる。その耳に、水流添と俊の会話が届く。

「俊、真己ちゃんのケー番、俺のケータイに登録しといて」

おー、と言った俊が、勝手に真己のバッグを探る物音がした。やめろと言いたいが、脳貧血すぎて喋る気力もない。さっさと真己の番号を水流添のケータイに入れた俊が言う。

「今日これからブリーダー仕留めんの？」

「ああ。やっちまわないと真己ちゃんにつきまとうだろ」

「なんでゾエに怒りを向けないんだろね、寝取ったって真己を罵ったらしいけど、寝返ったゾエが一番悪いじゃねーか」

「自分のものを横取りされたって思うんじゃないのか。真己ちゃんに手さえ出されなきゃ、男は一生、自分のものだったのにってさ」

「つまり心変わりも、横から手を出してきた女が悪いって理屈？　だから泥棒猫っつーのか」

「そうなんじゃないか？　人間の男には指輪やネックレスと違って、心ってものがあることを忘れるのかも知れないな」

「ブリーダーじゃない女もそんなもん？」

「知らん。俺はまともな女と恋愛したことないからな」

「恋愛詐欺師だもんなっ」

俊がまたゲラゲラ笑った。真己はうち捨てられた土嚢《どのう》のように床に転がったまま、恋愛詐欺師ってなんだ、結婚詐欺師のことか、どっちにしろろくでもない奴だ、危険な奴だ、逃げたい、と心底思っていた。耳鳴りはなくなったがまだ起き上がる気力が湧かない。目を閉じたままぐったり転がっていると、俊の声が聞こえた。

「捕獲するなら俺も行ったほうがいい？」

「店は休めるのか？」

「うん、出た日払いの日給制だよ。メールで休むって入れりゃいい」

「来てくれたら助かる。おまえが担当してるブリーダー、週一で店に来るんだよな？　一週間我慢してやっと店に行って、でもおまえはいないって寸法か。男でもできたかと妄想を暴走させてくれたら、手間が省けていいな。来週が楽しみだ」

「ちょ、俺の身が危ないじゃんっ。拉致《らち》られて監禁とかされたらどうしてくれんだよっ」

「ひとまず笑う」

水流添がニヤリと笑うと、俊はムッとして水流添の背中を叩き、唇を突きだして言った。

「どうかなったらちゃんと助けに来いよな。俺はゾエと違って見かけしか取り柄がないんだから、殴り合いとか無理」

「おまえをそんな目には遭わせないから安心しろ。今日一匹捕獲したら、おまえのブリーダーに俺もつく。ナンバー嬢よろしく送り迎えしてやるから、パンフェラくらいさせてやれ」

「ふざけんな、俺のチンポ切りたいって言ってる奴だぞ、パンフェラなんかさせたら、噛み切られんのがわかってるじゃんかよ」

「それはない。噛み切るとしたらおまえを手に入れてからだ。店で舐めさせるくらい平気だよ」

「クソが、他人事だと思って。俺もホステスのオネーチャンがよかった。なんで美少女装子好きでチンポ嫌いな変態野郎を担当しなきゃなんねーんだ」

「高身長、イケメン、安いホストみたいな服装センスを持ってる、会社経営者に偽装《なれ》るなら担当代わってやるよ」

水流添はククッと笑う。俊はため息をついた。

「適材適所、わかってる。ゾエが女装したってキモいだけだもんな。そんじゃ行くか。蟲壺《むしつぼ》持った？　チャンダン入れた？　ニーム持った？」

「おっとチャンダン入れ忘れた」

「ふざけんな、馬鹿じゃねーの」

俊は吐き捨てて飾り棚に向かった。相変わらず床に転がっていた真己は、ようやく起き上がる気力が湧いてきて、のろのろと体を起こした。聞きたくもない会話を耳にして、どう考えても二人はヤバい人種だと思い、とにかく逃げようと思った。ここにいたら確実に共犯だと疑われてしまう。殺人は冗談にしろ、絶対にこの二人はよからぬこと……恋愛詐欺とやらをしているのだ。

（係わったら駄目だ、逃げるんだ……っ）

気持ちはダッシュで逃げたかった。けれどよろよろ立ち上がったとたん、またしても視界が暗くなってしゃがみ込んでしまった。気づいた水流添が言う。

「ぶっ倒れるほどの脳貧血起こしたら、すぐには復活しない。しばらくここで休んでな」

「そーそー」

俊が飾り棚からなにかを取って言う。

「あっちの部屋に食い物、飲み物あるから、適当に食って待ってろよ。もちろん出てってもいいけど、鍵は忘れずにかけろよな。ここにはグラム三千円のオイルやら、値段がつけられないヤバいものまで置いてあるんだ」

「そう。真己ちゃんが帰ったあと、それらを盗まれていることがわかったら、真己ちゃんに料金請求する。金に代えられないものまで盗られてたら、真己ちゃんの体で返してもらう。そのへんいろいろ考えて、あとは好きにしな」

「ちょ、待ってください、鍵置いてってって、鍵、鍵っ」

真己は訴えたが、二人は無視をして扉に向かう。

「なーゾエ、俺、このカッコじゃヤバいかな？　ゾエの愛人だと思われたら、俺がカッターで切られそうじゃね？」

「切られる前に煽れ。若さが羨ましい？　って小首傾げて言え。一発で正体現すぞ」

「ふざけんな、てめーが煽れ」

鍵、鍵、と必死に言う真己の前で、二人は話しながら部屋を出ていった。カチャリと扉の鍵を閉める音が聞こえる。

「嘘だろ……」

取り残された真己は茫然とした。このままここにいたら、確実に恋愛詐欺とやらの共犯者にされてしまう。もしも警察に捕まらなくとも、水流添たちの悪事を知っているという事実で、心情的に世間に後ろめたくてまっとうに生きていける自信がない。

「に、逃げる……っ」

そう思ったが、逃げて、万が一この事務所に泥棒が入って、多額の商品を盗まれたら、その損害賠償は自分に請求される。もちろん手持ちの現金がないから分割か、あるいはどこからか借金をして返すことになる。真己は考えた。共犯になるのと多額の負債。どちらがマシかと言えば、負債だ。

「そうだよ、金を返すのは悪いことじゃないじゃないか、逃げるに限るっ」

立ち上がろうとしたところで、安物のナイロンバッグの中でケータイが鳴った。慌てて取りだして見ると、登録している派遣会社からだ。急いで通話をつなぐ。

「お、お待たせしました、久慈ですっ。……え!?」

第一声から苛立《いらだ》ちを隠さない担当者の言葉を聞いて、真己は愕然《がくぜん》とした。あのカッター女が派遣先の社に行って、真己を出せと騒いだらしいのだ。当然、派遣先から派遣元に苦情がいき、その結果今こうして真己に災難が降りかかっているのだった。

「待ってください、人違いなんです、その人の勘違いなんですっ、俺、いや、わたしはその人を知らないしっ」

なんとか無関係なのだと訴えてみたが、理由はどうあれ派遣先に迷惑をかけるのは契約違反だということで、真己はあっさりと派遣を打ち切られた。

「……嘘……」

真己は茫然としてケータイを見つめた。登録は残しておくが、この先紹介できる企業はないと思っておいてくれ、とも言われてしまったのだ。

「ヤバい、いきなり無職……っ」

あのカッター女、なんで会社を訪ねて行ったんだ、俺はもう帰宅したんだから、改めて会社に行くわけないだろ、それとも嫌がらせか、というかなんで会社まで知ってるんだ、と真己の心は大混乱した。

「落ち着け、落ち着け、まずなにをすればいいんだ、優先順位だ、ちゃんと考えろ……っ」

なにはともあれ、ここから逃げるのが第一だろうと思った。ここにいたら無職に加えて犯罪者の汚名まで着せられかねない。ネカフェに逃げて……。

「……え、待ってくれ……」

ネカフェに逃げて、それから？　水流添があの女をなんとかしてくれるまで家には帰れない。もしもなんとかできなかった場合、なんとかしてくれるまでネカフェ暮らしだ。だが。

「俺今無職……お金使えない……」

今月、働いた分の給料が入るとしても、全財産は貯金を合わせて三十万ちょっとだ。次の仕事が決まるまでそれでしのげるだろうか？　一週間くらいならいい、でもずっとあの女をなんとかできなかったら……？

「……仕事、仕事見つけないとっ、べつの派遣会社に登録……っ」

面接の予約を取ろうとケータイを見た真己は、着信履歴があることに気づいた。誰だろうと思ったら、間借りしている酒屋からだ。

「やめてくれよ、あの女が奥さんになんかしたのか……!?」

急いでかけ直す。すぐに応答したのは奥さんで、相手が真己だとわかると、激オコという声で言った。

『婚約者放ってどこにいるのっ。あんたね、久慈くん、婚約までしてんのによそに女作るってどういう了見なの!?』

「違います違います、俺はあの女とは関係ないんですっ」

『関係ない女が婚約指輪見せて泣くかい!? これ以上あんたが逃げ回るなら、親御さんに相談に行くって言ってたよ、可哀相《かわいそう》にあんな綺麗なお嬢さん、婚約破棄したいならしたいでちゃんとけじめつけなさいっ』

「あのっ、あの女、帰りましたか!?」

『また来るって言ってたよ! ちゃんと話し合わなきゃ駄目だよ、久慈くん! 今どこにいるのか知らないけど、帰ったらお父さんからもお説教してもらうからねっ』

「待ってください、本当に違うんです、説明しますからっ」

『ちゃんとお父さんが納得するような説明をしておくれよっ。お父さん、今もカッカしてるからねっ』

「すみません、ご迷惑をおかけして、本当に……っ」

真己は床に正座してぺこぺこと電話の向こうの奥さんに頭を下げた。なんとか通話を終えて、がっくりと床に手をつく。

「ちょっとなんで俺が謝ってんの、俺が悪いことになってんの、婚約指輪ってなんだよ、あの女の私物だろどうせ、もー、水流添さん、ホントマジなんとかしてくださいよ……っ」

あの女がまた家に来ると思うと、水流添がどうにかしてくれるまで、本気で家には帰れそうもない。間借りしている部屋と会社は、真己のあとをつけて突き止めたのだろうと思う。

実家云々も言っていたようだが、あの女が真己の実家を知っているわけがない。家捜しされて、実家を知られていなければ、の話だが。

「だから、えーと、まず部屋にはまだ帰れない、水流添さんから連絡あるまで、ネカフェより安いところに行く、それからえーと、仕事！　べつの派遣会社を探して登録、カッター女のほうがなんとかなったら、大家の奥さんに謝って事情を話して、ああ水流添さんを連れて行こう、あの人が元凶なんだしっ」

ぶつぶつ口の中で呟きながら自分の取るべき行動を整理していると、またしてもケータイが鳴った。ビクッとした真己が着信を見ると、知らない番号だ。

「水流添さんかな……」

ビクビクしながら通話をつないだ真己は、え？　と思った。

「え、あっ、糸川さんっ。あ、あの、派遣元に聞きました、さっきは皆さんにご迷惑をおかけしてすみません、事情があってっ」

真己はまたしても床に向かって頭を下げながら言った。

一方、水流添はバイクの後ろに俊を乗せて、女のマンションを目指していた。それぞれ安いホストとチャイナロリータ服のままフルフェイスのヘルメットを被っているので、悪目立ちしている。しかも俊のスカートがひらひらとめくれ上がるので、横を走る車のドライバーが思わず目で追ってしまったりと、周囲の安全も若干脅《おびや》かしていた。

渋滞のない裏道を走り、十五分もしないで青山に到着した。青山通りから横道へと曲がり、目的のマンションをすぐ前にした時だ。インカムをとおして俊が鋭く言った。

「ヤバい、ゾエ！　停まれ!!」

「……」

すぐさま水流添がブレーキを掛け、路肩にバイクを寄せた。どうした、と聞くまでもなかった。道を渡った反対側、マンションの駐車場出入り口前の路上に、ダダン！　という音を立てて女が落ちてきたからだ。水流添は通行人に遠巻きにされた路上の女を見つめながら言った。

「ヤバかったな。気がつかないで駐車場に入ろうとしていたら、あの女の直撃受けてたところだ」

「まだ生きてるっぽくね？　写メってないで誰か救急車呼んでやればいいのに。つかあれ、ゾエが始末するはずのブリーダーだろ？」

「そう。俺だったら闇雲に真己ちゃんを探さず、明日にでも出社してきたところを狙う。だからブリーダーもそう考えるだろうと思ってマンションに来たわけだが、なんで落っこちてくるかね」

「ちょ、あー！　老眼のゾエには見えねぇかもだけど、蟲が逃げてくっ」

「誰が老眼だ、見えてるよ」

二人は注視した。俯《うつぶ》せで倒れている女の顔のあたりから、遠目だと、平たくした巨大な芋虫のように見えるものが、のろのろと歩道脇へと這《は》っていく様を。水流添が、チッと舌打ちした。

「この状況じゃ蟲取りに行けねぇじゃねぇか」

「だよな。俺たちこんな馬鹿みてぇなカッコしてるし、思っきし見物人の記憶に残る。おまけにブリーダーを写メってる奴いるし、そばに行ったら俺たちも撮られるかもしれねーし。どうする、見逃す？」

「くそ……」

異様な蟲は路肩のブロックをのろのろとよじ登ると、街路樹の根元に茂っている雑草の中に隠れた。ただし落下した女に近すぎて、見物人もその街路樹のところまで近づいてはいない。今そこへ行ったら注目されまくる。

「ゾエ、どうする？　あそこで蟲取りしてもやっぱし目立つぞ」

「……よし、俊、おまえ行け」

「はあ!?　行けってなんだよ!?」

「原宿《はらじゅく》から流れてきたチャイロリ美少女になって、こっちから向こうへ歩いて人の注目集めろ」

「そういうことか。……でも俺、瀕死の女より注目集められっかな……」

「ずっと注目集めなくていい。蟲がいるあたりから人の視線を外してくれ」

「まー、やってみっか。あっちの横道まで移動して」

俊の指示でマンション手前の横道に裏から入り、そこでバイクを降りる。メットを外し、上着も脱ぎながら水流添は言った。

「よし。蟲を捕獲したらもう一本向こうの横道に行くから、俊もそっち向かって歩け。拾う」

「了解。なー、ヅラにメットの跡ついてねぇ？　サラサラロングヘアになってる？」

「あー……ヅラは問題ない。が、ニーハイがハイソになってる」

「いけね、バイク乗りにくいから下ろしちゃったんだよな。……よし。顔は？　化粧崩れてねぇ？」

「若干……メットの跡がついてるけど、イケるだろ」

「よし、行く。蟲、逃がすなよ」

「任せておけ」

俊が片手で髪をさらりとなびかせると、八センチものヒール高があるロリータ靴で、モデルのように綺麗に歩いて行った。見送る水流添は感心しきりだ。

「あの足、女にしか見えねぇよ。『可愛い』しか武器がねぇって俊は言うけど、服もニーハイも、女の体に見えるようにめちゃくちゃ手を入れてんだろうな」

頭が下がる思いだ。水流添では変装に何百万かけようと可愛くはなれない。第一、百八十近い身長だ。それだけで可愛くない。

俊が表通りへ歩いて行く間に、水流添は手にニームオイルを塗りたくった。インド梅檀《せんだん》から取れるオイルで、殺菌・抗酸化作用が強いので、エステサロンではアンチエイジング用のマッサージオイルとして使用されることもある。生一本だと焼きタマネギのような強烈な臭いがするので、通常は香りのよいオイルとブレンドして使用するが、蟲取りの際は生一本で使用する。

「よし、行くか」

スラックスのポケットに蟲壺が入っていることを確認して、横道を出た。前方では俊が、可愛いを売りにしているアイドル並みに、いやそれ以上に完璧に可愛く歩き、路上の女に気づいて可愛く悲鳴をあげ、可愛く怖がっているところが見えた。

「さすがだねぇ、男どころか女の視線も俊に釘付けだ」

水流添は近所のカフェ店員というそぶりで街路樹の近くへ寄ると、ケータイを取り出すふりで財布を落とした。おっと、という表情を作ってしゃがみ込み、素早く蟲壺を取りだすと蓋《ふた》を外した。雑草の中でじっと次のブリーダーを物色している蟲をつまみあげる。

「いつ見ても気持ちわりぃんだよ、てめぇはよ……」

つままれてぐねぐねと身もだえていた蟲は、ニームの臭いにやられてすっかりとおとなしくなった。それをポイとチャンダンの欠片が入った壺に入れる。キュッと蓋をしてポケットにしまうと、何食わぬ顔でその場を離れた。横道に戻ってバイクにまたがり、一本先の横道へ行く。俊がちょうど横道へと入ってきたところだった。

「蟲は？」

ヘルメットを渡された俊が聞く。水流添はポンとスラックスのポケットを叩いた。

「この中にいる」

「あれマジ馴れねーよ、気持ちわりぃ。さっさと羽化しねぇかな」

「今捕った蟲だがな。色が変だ。羽化しねぇで死ぬかも」

「ちょ、それどうすんだよ!?　ゴミに出せねぇだろ、永久保存!?」

「まあ、その時になったら考える」

「なんだよもー」

俊はインカム越しに盛大なため息をこぼした。水流添は、帰るぞと言うと新橋目指してバイクを走らせながら、なんであの女はマンションから落ちたんだ、と考えこんだ。

(誰かに落とされたんじゃないなら……)

自分を養ってくれるブリーダーを、蟲のほうから捨てた……つまりベランダから落ちるように女を操った。蟲があの場所、青山のマンションから逃げ出さなくてはならないような、なにかが起きているのだ。イヤな予感しかしねぇな、と水流添は眉を寄せた。


二人が蟲取りを終えて新橋へ向かっている、ちょうど同じ頃だ。真己は電話で糸川と話していた。

「本当にすみませんっ。明日にでもちゃんとお詫《わ》びに伺《うかが》おうと思っていて、…」

『そんなことはどうでもいいの。それよりも久慈くん？　大丈夫？』

「え、あの、大丈夫とは……」

『さっきね、久慈くんの婚約者だって名乗る女性が来て、騒いだでしょ？　久慈くんに怪我をさせたんじゃないのかなって心配になって……』

「ち、違うんですっ、あの女は婚約者じゃないんです、知らない人でっ」

『怪我はしていないのね？』

「は、はい、大丈夫です。怪我をしそうになったんですが、逃げだすことができたので」

『いやだ、なにかされそうだったの？　無事で本当によかったわ、あの人、ちょっと正気じゃなかったもの……』

　糸川はそう言って、小さなため息をこぼした。

『課長が警察呼ぼうって言ったんだけど、その人、久慈くんの名前出して暴れるから、警察呼んだら久慈くんも聴取？　されると思ってね』

「す、すみません、すみませんっ、本当にご迷惑をおかけして、誤解なんですけど、全部誤解で……っ」

『わかってるわよ、いいの。それでね、とりあえずわたしが彼女と話すって課長に言って、二人きりで話したの』

「糸川さんが!?　大丈夫でしたか!?　あの女、カッター持っていたでしょう!?　怪我してませんか!?」

『うん、平気よ、心配してくれてありがとう』

　糸川は嬉しそうにうふふと笑った。

『それでね、彼女の言い分を全部聞いて、一つ一つ、それは誤解じゃないかって話したの。なにより久慈くんが彼女の元彼の新恋人？　って、元彼本人に確認してないんじゃないのって』

「そ、そうなんですよ、そうなんですっ、本当に偶然、歩道ですれ違っただけでっ」

『そうでしょうね。でも彼女は、久慈くんが元彼さんを歩道で待ってるって勘違いしてたの。だから、久慈くんは定時で弊社を出て、帰宅するために駅へ向かっていただけ、決して元彼さんを待っていたわけじゃないって説明したの』

「な、な、納得、してくれましたか!?」

『その場ではね』

「あああ〜……」

つまり本当は納得していないということだ。植木鉢から助けてくれたことを、新恋人だから助けた、とでも思っているのだろうか。だとすればこれからもあの女につけ回されるかも知れない。真己が床に手をついて情けない声を出すと、糸川が言った。

『大丈夫よ。元彼さんにちゃんと聞いてみるって言って帰ったから。帰る時は落ち着いてたから、もう久慈くんに突撃しないと思うけど』

「ほ、本当ですか!?　ありがとうございますっ」

心底から礼を言った。あの般若のようなカッター女を落ち着かせるなんて、糸川は仕事だけではなく、対人での問題も素晴らしい対処ができるのだと思った。水流添から連絡があるまで安心はできないが、カッター女が今も真己を探して街をさまよっていることはなさそうだ。それだけでも嬉しい。真己は頭を下げながら言った。

「あの俺、もうご存じだと思いますが、派遣を打ち切られて、もうそちらには行けないんです。でも糸川さんと、それと社の皆さんにもちゃんとお詫びとお礼がしたいので、その、えーと……」

　こういう場合、みんなとはべつに糸川を食事に誘うべきだろうかと真己は悩んだ。すると糸川がクスクスと笑って言った。

『お詫びは軽くみんなにしておいたらいいかもね。この間も社内で言ったけど、準社員になる気があるなら所長に掛け合うから、今後のことを考えたらみんなの心証をよくしておいたほうがいいしね』

「え、しょ、所長に掛け合うって、あのでも人事のほうから、派遣元に苦情がいって、俺はクビになったんですけど……」

『所長採用だから、人事は関係ないわよ。はっきり言えばコネ入社。とはいっても準社員だけどね』

「は、はあ……」

『でも安心して。正社員にはわたしが推すから。しばらくうちで真面目にちゃんと仕事してくれれば、親会社にも押し上げてあげるわよ』

「親会社に……」

真己はごくりと唾を飲みこんだ。さっきまで働いていた派遣先は、真己が就活で不採用をくらった大手食品会社の孫会社だ。糸川は、どんなすごいコネがあるのか、子会社を飛ばして親会社に押し込んであげると言っている。真己の心はぐらぐらに揺れた。コネであれなんであれ、そんな大企業に正社員として入れれば、堂々と実家に帰れるし、給料も格段によくなるだろうから、厚みのある肉だって食べられる。なにより将来が見通せる。

「あ、あの、そんないい話、どうして俺に……」

『もちろん無条件てわけにはいかないわよ？』

「それはわかってます。条件があるにしろ、どうして俺にそんないい話を……」

『久慈くんが可愛いから』

ふいに糸川の声が艶《つや》を帯びた。真己がドキリとした時、ガチャッという音を立てて事務所の扉の鍵が開き、どかどかと水流添たちが帰ってきた。

「あれ、まだいる。マジで電話番してたのか」

俊が笑いながら言うと、水流添もニヤニヤしながら言った。

「真面目なんだな、可愛い。ほら、さっさと帰りな」

「えっ、あの、カッター女、…」

『……久慈くん？』

糸川の不審そうな声が聞こえて、しまった、まだ電話中だったと真己は焦《あせ》った。

「糸川さん、すみません、今出先でっ、あの、知人のところにいてっ」

『そうだったの。それじゃ長話もあれよね。準社員の件、受ける気になったら連絡してね。諸条件はその時に』

それじゃね、と糸川は言い、通話は切れた。真己はケータイを握りしめて、はー、と深い息をついた。条件を聞くまでは安心できないが、もしかしたら来月からでも就職できるかもしれない。よかった、と思い、あの、と顔を上げた。

「カッター女……、あれ？」

水流添も俊も事務所にいない。デスクの後ろのドアが開いていたので、奥の部屋に行っているのだと思い、真己は床から立ち上がると、デスクの前の椅子にきちんと座り直した。

「カッター女、糸川さんが説得してくれたし、水流添さんからも誤解だって言ってくれてれば、もう俺を襲いに来たりしないよな」

問題が一つ片付いて真己の気持ちもだいぶ落ち着いた。あとは水流添を連れて大家の奥さんとご主人の誤解も解いてもらって、と考えていると、奥の部屋から水流添が出てきた。上着を脱いだだけの、安ホストのままだ。

「真己ちゃん、もう安心していい。あの女につきまとわれることは、未来永劫《えいごう》、なくなった」

「あ……、ああよかったっ。誤解を解いてくれたんですねっ」

「いや。始末する前に始末つけられた」

「え？」

「マンション前まで行ったらな、あの女が上から降ってきたんだよ」

「……」

　せっかく気持ちを持ち直したところだったのに、水流添の言葉を聞いて、またしても血が下がった。カッターで襲撃されたとはいえ、見知った人間がマンションから身を投げたと聞かされて、平静でいられる人のほうが少ないと思う。ふと顔色を悪くした真己を見た水流添は、悪い、と言ってデスクに着くと、ミントのタブレットを口に放り込んで言った。

「正直に言うことじゃなかったな。よし、言い直す。あの女の誤解はしっかり解いた。もう真己ちゃんは安全だ」

　フォローにもなんにもなっていない。言った言葉が消せないのと同様、聞いた言葉も消せないのだ。真己はふるえる声で尋ねた。

「……な、亡くなった、んですか……？　じ、自殺……？　俺の、俺のせいですかっ、俺が水流添さんの新恋人だと思ってっ、振られてつらくて飛び降りたんですかっ」

「いやそうじゃない、…」

「どうしようっ」

　水流添の言葉を遮《さえぎ》って、真己は椅子から立ち上がった。髪に手を突っ込んで口走る。

「どうしよう俺っ。か、会社の人がっ、説得してくれたって言ってたのにっ」

「……は？　会社の人？」

「やっぱり納得してなかったんだっ、きっと俺のこと恨んでますよね、死ぬほど俺のこと恨んでたんですよねっ」

「落ち着け。おーちーつーけ」

デスクを回った水流添が、ギュッと真己を抱きしめた。馬でもいなすように、ドウドウ、と言って背中を叩く。

「真己ちゃんのせいじゃないから大丈夫だ」

「だけど俺のことっ、水流添さんを寝取ったって言ってたしっ」

「仮に。仮にだ。本当に真己ちゃんが俺を寝取ったとしても、今の段階でマンションから落っこちたりしない。落っこちるのは、怒りを爆発させて、心の中が空っぽになってからだ」

「わからない、わかりませんよっ」

「はいはい落ち着け。説明してやるから。冷たくて甘い物を出してやる。まずそれを飲め」

植木鉢を落とされた時と同じことを水流添は言い、奥の部屋へ向かって怒鳴った。

「しゅーん！　真己ちゃんに冷たくて甘い物ーっ」

「また貧血かー!?」

「いや、ちょっとパニクってる」

水流添は、よしよし、と真己をなだめながら椅子に座らせた。そこへ俊がパックジュースを手に出てきて……真己は驚愕《きょうがく》した。

「しゅ……俊さん……!?」

女装を解いた俊だった。恐ろしげな絵柄のTシャツにブラックジーンズという、バンド少年が着ていそうな服装に、今時のお洒落《しゃれ》な大学生のようなヘアスタイルだ。それだけなら驚かない。化粧を取ったらふつうの男子、というのはテレビでも見るネタだ。真己を驚かせたのは、すっぴんだというのにパッと見ただけでは男か女かわからないくらい、恐ろしく可愛い顔立ちだったことだ。体つきも華奢《きゃしゃ》で、さすがに女性のような柔らかい曲線は持っていないが、余裕で女性ものの衣服が着られそうだ。真己はパニックを起こしていたことを忘れて、俊を見つめた。

「……ボーイッシュな女の子、で十分通じますね……」

「貧乳のな。ほら真己、飲みな」

「あ、はい、ありがとうございます……」

真己にジュースを手渡して、俊はデスクに腰を載せた。

「医者に行ったわけじゃないけど、俺多分ね、ホルモンがおかしい」

「え……」

「背だって百六十チョイだし、髭もすね毛もほとんど生えないんだ。とりあえずまともなチンポはあるけど、チン毛もすげー薄いんだよ」

「は、はい……」

「顔もそうだけど声も女か男かわかんないだろ？　骨とか筋肉とか、男と女の中間くらいに育ってんだと思う」

「そ、そうなんですか……」

「おかげで女にも男にもなれて、仕事する上では助かってるけどな」

「さっきの女子高生、マジで可愛かったですもんね……」

真己は思い返してうなずいた。渡された激甘のフルーツ牛乳をジューッと飲むと、水流添がデスクに戻って、眉を寄せて真己に言った。

「真己ちゃん、落ち着いたか？　俺の話、聞けるか？」

「あ、はい、すみません、取り乱して……」

真己は深呼吸をして水流添に視線を向けた。水流添が頷きながら言う。

「いや、いいんだ。見知った女がマンションから降ってきたなんて聞いたら、たいていは驚くもんだ」

「はい……」

「でだ。その降ってきた女。真己ちゃんを襲った女なんだけどな」

「はい、な、亡くなった女性……」

「会社の人が説得したって言ってたが、あの女、真己ちゃんの会社に行ったのか？」

「はい、俺を出せって暴れたみたいで……。さっき派遣元から苦情の電話が来て、それで知って……」

「真己ちゃん、派遣社員なのか。じゃ、あの女を説得したのは、派遣先の人？」

「はい、派遣先の正社員の女性です」

糸川がカッター女の話を親身に聞いて、一つ一つ誤解を解いてくれた話をした。水流添はますます眉を寄せ、横で聞いていた俊は、はあ？　と素《す》っ頓狂《とんきょう》な声を上げた。

「あり得ねーよ、蟲が人の理屈なんか理解するわけねーだろ」

「え？　虫？」

「その派遣先の女？　嘘ついてんじゃねぇの？　カッター振り回すような女とトイメンで話せる奴なんかいねぇだろ、ふつー」

「そ、そう言われれば……。あ、でも、嘘を言う理由もないですよ。彼女、俺のことを心配してくれて、就職の世話もしてくれるようなことを言ってたし」

「は？　真己、無職なの？　ブリーダーのせいで、派遣、クビになったの？　ご愁傷様ーっ！」

俊はゲラゲラと笑った。笑い事じゃない、とムッとして真己は言った。

「だから、カッター女を説得してくれた先輩が、準社員に推薦してくれるって言ってくれたんですよ。その成り行きとして、カッター女を説得してくれたんです。なんか変ですか？」

「突っ込みどころ満載じゃん。真己ってお人好しのポンコツだな。なー、ゾエ？」

俊が呆《あき》れかえった表情で言う。水流添も、まったくだな、と同意した。

「真己ちゃんはあれか。箱入り息子さんか」

「箱入りって、違います、実家はふつうのサラリーマン家庭です」

「じゃあよっぽど友達に恵まれてきた？　なにかってーと嫌みを言う奴、人の話を否定しかしない奴、親切面して人間関係かき回す奴、他人の感情なんかどうでもいい奴、そういう奴と出会ったことない？」

「え……と……」

「親友はいる？」

「学生時代はよく遊びに行く奴は、いましたよ……」

仲間内で真己だけ就職に失敗した。その恥ずかしさから、卒業後は自分から友人に連絡を取ることはしていない。友人たちも友人たちで忙しいのか、真己に連絡をしてくることはなかった。つまり現状、真己には友人がいない。

はっきりそう言うのがみじめで、真己が言葉を濁《にご》すと、俊がゲラゲラ笑った。

「人付き合いがド下手なのかっ」

「いや。臆病なんだろう」

水流添が言う。

「いろんな意味で自分を傷つける人間とは付き合いたくないんだろう。広く浅く付き合ってきたから、その時その時で遊びに行く友人はいるが、たとえば大学を卒業したらそこで縁が切れる程度の付き合いなんだろうな」

「ふぅん？　じゃあ今はマジでボッチなのか、ウケル～」

「とはいえ真己ちゃん本人は、それでヘコんでるふうでもないけどな。ふんわりしてるんじゃないのか。ガチガチの自分てものがないから、どうとでもなるっつーかさ」

「へー。ゾエに似てんな」

「ああ？　俺とこの綿菓子ちゃんとどこが似てるんだ」

綿菓子と言われた真己は思わずムッとした。ところが水流添がにっこり笑ってウインクを投げて寄越したので、真己は引いてしまった。真己を馬鹿にしたいのかからかっているだけなのかわからない。とまどって視線を落とすと、俊がフンと笑って言った。

「来る者拒まず、去る者追わず。ダチも親友も大して必要とは思ってない。仕事柄恋人は作れねーし、でもブリーダーとやりまくってるから、そういう意味では恋人は必要ない。結果、ゾエには本音を言える人間がいない。真己とそっくりじゃん」

「俺にはおまえがいるだろ、俊」

「俺は仕事のパートナーだろ。セックスはよく知ってるけど、セフレは恋人でも親友でもないじゃん」

「えっ!?」

これぞ、思わず声が出た、という状況だ。真己の脳裏に、女装姿で水流添にキスをねだっていた俊の姿がよみがえった。セフレってこの二人、そういう関係なのか、ああでもプライベートに踏み込んじゃいけない、しまった、と動揺した真己が、すみませんという気持ちでうつむく。気にすんなよ、と俊が言った。

「俺たちの間に恋愛感情はないからさ」

「き、気にしてるわけじゃありませんから……っ」

「俺さ、男にも女にもセックス絡みでひでー目に遭ってんだ。だから今はゾエとしかセックスできねーの。ゾエは男も女も抱けるから、俺がムラムラしてたまんねー時にセックスしてるだけ。ま、ゾエが本当にバイかどうかは知らねーけどな」

「は、はい……っ」

「真己も付き合う相手はよく見て選びなよ。菩薩《ぼさつ》かってくらい優しかったり尽くしてくれたり、甘やかしてくれたり可愛がってくれる奴はな、菩薩と正反対の顔も持ってるぜ。真己は人の親切に盲目っぽいから、変な女に捕まる、てかすでにカッターで切りつけられたんだっけ」

そう言って、俊はまったく楽しそうに笑う。真己は眉を寄せて言い返した。

「なにもおかしくないですよ。あの女、まともじゃなかったけど、マンションから飛び降りるくらい水流添さんに本気で、思い詰めてたんですよっ。亡くなった人を悪く言うのはどうかと思いますっ」

「ああ、あの女、死んでねぇよ」

「え!?」

「俺があそこにいた間は、あの女は生きてた。青山のど真ん中であのままってことはねぇだろ？　誰かが救急車呼んでるよ」

「じゃ、じゃあ、助かった……!?」

「真己がどのレベルを指して助かったっつってるのかわかんねぇけど、死んではいないと思うな」

「そ、そうですか、よかった……っ、カッター振り回すような女だけど、亡くなってたら、キツイ……」

真己は心底ホッとして息をついた。水流添と俊は視線を交わすと、ふっと笑った。先ほど水流添が分析したとおりの性格だと思ったからだ。自分を傷つけそうな人間とは付き合わない代わりに、真己も誰かを傷つけたりはしない。真面目ゆえに他人の善良な言動をすぐ信じ、騙《だま》されることも多いだろうが、本性は冷たい。カッター女のことも、自分のせいで死んだのなら耐えがたいが、まったくの無関係だったなら、たとえ路上に横たわっている姿を見ていても、悲惨《ひさん》だなと思う程度で心にも留めないだろう。そういう冷たさだ。ちょっと食事に誘えるような友人もいない、好きで好きで会っていないと気もそぞろになるような恋人もいない。けれどそれを寂しいとも思わない。喜怒哀楽がすべて自己完結している。その分、懐に入れた相手には厚い情を寄せるだろうと思われた。

(俺は真己ちゃんみたいに真面目じゃないが、似てるな……。というか、真己ちゃんは俺より質が悪いかもしれない)

水流添は思った。なにしろ外側は甘々の綿菓子ちゃんなのだ。

(その綿菓子ちゃんをカッターで切りつけた女がマンションから落ちた……、つまり蟲がブリーダーを捨てた理由が、もしも俺の考えどおりだとしたら)

真己のそばにいないと真己が危ない。水流添はそう思い、俊に言った。

「俊。蟲壺持ってこい」

「いやだね」

「おまえ、立ってんだからちょっと行って取って来いよ」

「お断り。気持ちわりぃもん、さわりたくねーし」

「馬鹿おまえ、あれ、いくらすると思ってんだ。高級品をさわらせてやるって言ってるんだぞ」

「いいの、いいの、俺、高級品に興味ねーから、気を遣わねぇでゾエが持ってこい」

「使えねぇな、このガキ」

水流添は口を歪めて言うと、よっこらしょと爺臭《じじくさ》いことを言って椅子を立った。隣の部屋に行き、人工水晶製の高額なキャンディポットを持って戻る。

「真己ちゃん。これ、見えるか？」

「はい？　……うえあぁぁっ」

それを見たとたん、真己は椅子を蹴って立ち上がり、転がるように飾り棚まで逃げた。

「なにそれ、なにそれ、俺駄目、そういうの駄目、持ってって、あっちに持ってってってーっ」

子供のようにわめいた。高級キャンディポットはいい。それ自体はとても美しい。だが、中に入っていたものは駄目だ。モンキーバナナほどもある巨大な蟲。冗談ではなく全身に鳥肌が立った。そいつはムカデのように節が連なった体でキャンディポットの中をぐねぐねと動き回っている。体を覆う赤茶色の模様がどうしてだか動いている。それだけを見て吐き気を催《もよお》し、飛んで逃げた真己だが、肝が据わっていてポットの中の生物をよく観察できたなら、外殻が透明で、模様が動いていると思えたのは、一ミリほどの、無数のタガメのような生き物が内部で蠢いているからだとわかっただろう。何対あるのかわからないたくさんの足は、芋虫のように歩脚と疣足《いぼあし》があって、すべての足は小さな棘《とげ》で覆われていた。ゴキブリのように平たい頭部には、トンボのような巨大な複眼があり、吸盤状の口が伸び縮みしている。触角はないが、代わりに極彩色の長い二本の尾を持っている。全体として赤茶色だから悲鳴をあげる程度ですんだが、原色ミックスだったりしたら、見ただけで失神しそうなほど、恐ろしくも気味の悪い姿だった。

顔を青くして飾り棚に背中をくっつける真己を見て、水流添は俊と顔を見合わせた。俊がめずらしく真剣な表情で言う。

「真己、蟲が見えてるぞ……」

「見えてるな。いやな予想が当たったらしい」

水流添は深いため息をつくと、蟲入りのキャンディポットを隣の部屋に戻した。デスクに着き、真己に言う。

「真己ちゃん。こっち来い」

「手、手っ、洗いましたか、手っ」

「手？」

「洗ってください、洗ってっ。あんなのさわって気持ち悪いっ、手を洗ってくださいーっ」

「……ガキみたいだな……」

水流添は苦笑すると、デスクの引き出しから除菌ティッシュを取りだして、それで丁寧に手を拭いた。真己に手のひら、手の甲と見せる。

「ほら、綺麗になったぞ。こっち来い」

「……」

真己はゴクリと喉を上下させ、ゆっくりとデスクに近づいた。俊が呆れたように笑って言う。

「そんなビクビクすんなよ、もう蟲はいねーよ」

「……、あ、あれ……、な、なんですか……、なんか、希少な、熱帯のほうの虫、ですか……」

「熱帯のほうの虫って、アマゾンとかの虫ってことか？」

微苦笑する水流添に、コクコクと真己は頷《うなず》いた。

「水流添さんたち、ブリーダーがどうのって言っていたから……、あ、ああいうもの、繁殖させて、売ってるんですか……？」

「売れたらボロ儲けだな。買いたいって奴がいればの話だが。あの蟲な、真己ちゃん。ふつうは見えないんだ」

「いや、ふつうに見えましたよ、吐くかと思ったくらい気持ち悪いやつ……っ」

「いやいや、だからな。ふつうの人間には、見えないんだ」

「いや、ですから、ふつうに……、え？」

やっと水流添がなにを言っているのか理解できた。理解はできたがそんなはずがないと思う。だって現にこの目であの気色の悪い蟲を見た……。真己は信じられないという思いをばっちり表情に出して尋ねた。

「ふつうの人間にはって……俺がふつうじゃないって言いたいんですか？　精神がおかしいとか？」

「精神はおかしくないし、今まではふつうだったろうな。でも今は、ふつうじゃなくなった」

「どういうことですか……、あの生き物、なんなんですか……」

「教える前に言っておく。俺の話を信じる、信じないは真己ちゃんの勝手だ。信じるなら、結果は俺が責任を持つ。信じないなら、どんな結果になろうとも受け入れろ。俺や俊のせいにするな。理解したか？」

「……、……、……はい」

水流添の言葉を頭の中で三回復唱した。これから水流添が話すことは、きっとまともとは思えない話だろう。馬鹿らしいと思ってさっさとこの部屋を出て行った結果、あの異様な蟲が真己に関係してきても、それは真己の責任で水流添に助けを求めることはできない……、そういうことだろう。きちんと理解をして真己はうなずいた。

「先にそれを言ってくれてありがとうございます。判断の材料になります」

真剣な表情でそう言うと、水流添は一瞬、虚《きょ》を衝《つ》かれたような表情を見せた。

「徹頭徹尾《てっとうてつび》、真面目か」

それからニヤリと笑う。

「だが馬鹿じゃないし無駄口叩かないし、気に入った。ガキみたいに素直だし正直だし可愛い。それに比べて俊はなぁ。めちゃくちゃにしてくれやがったからな」

「真己だってこれからめちゃくちゃにするかもしれねーじゃん」

俊がニヤニヤしながら言うと、あー、と水流添はため息をこぼした。

「パニック起こして逃げ出しそうだな……」

「そしたら追うのか？」

「うーん……」

水流添は真己を見つめたまま、しばらく考え込んだ。視線の合った真己は、意図せず見つめ合う状況になり、変な汗をかきながら凝視に耐えた。広く浅い人付き合いしかしてこなかった真己は、こんな絡みつくような視線を経験したことはない。全身をじろじろと見られているわけではないが、真己の内面を覗きこもうとするような強い眼差しにとまどう。水流添がなにを思ってこんなふうに見つめてくるのかわからなくて怖くなった。さらにはこれから、逃げ出したくなるくらい恐ろしいことを知らされるのだろうと思うと、すでに部屋を出て行きたい気持ちになっている。それを見て取った水流添が、ようやく唸《うな》るような低い声で言った。

「……たぶん……、追う」

「……ふぅん、へぇ～」

俊が底意地悪そうに細めた目で水流添を見る。見つめられた水流添は、黙れ、と鬱陶《うっとう》しそうに言った。

「なにを言いたいかわかるが、黙っとけよ。どうするつもりもないんだから」

「どうかすりゃ、どうかできるかもしれねーのに？」

「真己ちゃんは一般人だ。俺たちに係わらないほうが幸せだ」

「まー、そりゃそうだな。その代わり今真己をどうかしなかったら、ゾエは一生、幸せにはなれねーだろうけどさ」

「人生八十年。いつかまたカワイコチャンに出会えるかもしれないだろうが」

「今手を出せねぇ奴が、五十、六十になってイケると思ってんなら、あんた相当馬鹿だよ」

「……」

歯に衣《きぬ》着せぬ俊の言葉で、水流添はムウッと眉を寄せた。真己は、ちっとも話が進まないことに苛立ちながら、あの、と割って入った。

「すみませんが、先に説明をお願いします。そんなに暇じゃないんで」

「えー？　無職になったんだろ、暇じゃん」

俊がからかう。真己は耳を赤くして馬鹿正直に答えた。

「だから、次の仕事を早く決めないとならないんです。本当は今日中に派遣会社にアポ取りたかったし。貯金もほとんどないから、のんびりしてられないんですよ」

「実家に戻ってしばらくゆっくりすれば？」

「帰れないんです。その……、就活失敗したって、言ってないから……」

「はあ？　馬鹿じゃねーの？　真己のいい子っぷりからして親はまともなんだろ？　そんな

いい親に見栄張ってどうすんだ、派遣でズルズル年取ってくほうが親に心配かけるだろうが」

俊がまたゲラゲラ笑う。まったくそのとおりなので反論もできず、真己は言い返す代わりに言った。

「とにかく水流添さんの話によっては引っ越さないといけないかもしれないし、あ、あの蟲と俺にどんな関係があるのか知りたいんですっ」

「仕事探してんならうちに就職しちゃえば？　一般事務経験者優遇、経理もできれば即決」

「あ、お話はありがたいですけど、俺、入りたい企業があるんで」

俊のからかいを真に受ける真己だ。俊が横を向いて笑いをこらえると、水流添がため息をついて言った。

「俊、おまえ少し黙ってろ。ちっとも話が進まねぇ。真己ちゃん」

「…っ、はい」

「さっきの蟲だけどな。俺たちは寄魂蟲《きこんちゅう》って呼んでる」

「……キ、キコンチュウ……？」

「そう。寄生虫っているだろう？　あれの生きるを魂《たましい》に書き換えて、寄魂蟲」

「魂に寄生する、蟲……？」

ぼんやりと真己は言った。名前がすでに現実離れしているし、魂に寄生するなんて、変なファンタジー小説のネタみたいだと思った。真己のこれまでの人生とかけ離れているので、今ひとつ現実のこととして受け入れられない。えーと、と思いながら水流添を見つめていると、ふう、とため息をついた水流添が言った。

「馬鹿みたいな話だよな。なんならもう一回、蟲、見るか？」

「……、いえいえいえっ、結構です、いいです、二度と見たくないっ」

あのおぞましい姿を思いだして身ぶるいすると、水流添が微苦笑をして言った。

「で、寄魂蟲だけどな。あれは幼虫なんだ。俺たちは蟲を捕まえたら蝶《ちょう》にして放す」

「……あれ、蝶になるんですか……!?」

「なる。蝶になりゃ無害なんだ。ただ、さっきの蟲は羽化しないで死ぬと思う。きたねぇ赤茶色してたろ？」

「言わないでください、思いだしてしまう」

「可愛いなぁ、真己ちゃん、何事にも真面目で」

くくく、と水流添は笑った。表情や感情がころころ変わるのが真己の素直さを表していて、とにかく可愛いと思った。

「奴らはな、本来はあんな色じゃないんだ。綺麗なんだよ、活きのいい奴は。原色だったりパステルカラーだったり、寄生した魂によって色が変わるからな」

「……真面目に、魂に寄生するって、言ってるんですよね……？」

「真面目に言ってる。さっきの蟲は、真己ちゃんをカッターで襲った女に寄生していた蟲だ。蟲は次の宿主を見つけたら乗り換える。逆に言えば、新しい宿主が見つからなけりゃ乗り換えられないってことだ」

「その、ヤドカリの引っ越しみたいな？」

「簡単に言えばそうかな」

ヤドカリというたとえが可愛くて、水流添は思わずほほ笑んでしまった。

「だが今回は、乗り換え先を見つける時間がなかった。とにかくあの女の魂から離れなけりゃいけなくなって、……ブリーダーを殺すことにしたんだ。壊れた家には住めないってたとえればわかるか？」

「蟲が、わざとあの女性をマンションから落とした……、家を、壊したってことですよね……」

「そう。で、まんまと女から出てきた蟲を捕獲してきたわけだ。だからもうあの女が真己ちゃんに迷惑かけることはない。蟲から解放された人は、まさに憑《つ》き物が落ちたってふうに、それまで執着してきた誰かへの興味を失うからな」

「……」

言葉も出ないくらい驚いた。今だって、あの気持ちの悪い蟲は熱帯の密林の中に生息していると言われれば納得するし、カッター女だって、水流添が好きすぎて、捨てられたと思い込んで悲観して、マンションから落ちたと言われればもっともだと思う。

けれど現実には、マンションの五階か六階あたりから歩道を見て、真己の顔がはっきり見えたはずがないのに真己を見つけ出し、跡をつけて会社や自宅を調べ、真己が水流添と特別な関係にあると確認もしていないのに、カッターなんて凶器で襲いかかってきた。そして、カッター女をなんとかすると言って出かけていった水流添たちは、あの蟲を持って帰ってきたのだ。

「……会社の先輩もカッター女のこと、正気じゃないって言ってたんです。カッター女のふつうじゃない行動って……、その、蟲のせい……？　本当に、さっきの蟲が、カッター女に取り憑いてたんですか……？」

「ああ。本当だ」

水流添は真剣な表情で頷き、続けた。

「奴らが人の魂に寄生してなにをするかっていうと、寄生した人間の快を糧に成長する」

「快って、快楽ですか……？」

「そう。世間にはいろんな快楽があってな、セックスの快楽はわかりやすい。旨いものを食べる快も、スポーツで汗を流す快も、芸術に感動する快もある。対極には、人を殺す快や、自分を痛めつける快。……ここまでは理解できてるか？」

「はい。感覚は主観的なものだから、その人にとって気持ちがよければ快楽ということですよね。一般的に不快なこと……、その、食人とか、快楽殺人とかも快楽に入る……」

「そう。そいつにとって心が喜びで満たされるなら、セックスも殺人も快楽に括られる」

「はい……」

「でだ。奴らは自分を養ってくれる宿主……俺たちはブリーダーって呼んでるが、ブリーダーが快を得られなくなると飢《う》える。わかるな？」

わかります、と真己はうなずいた。宿主を喰《く》い殺してしまう寄生虫以外は、大体が宿主を殺さない程度に養分を吸って、次の宿主へと乗り換えていく。水流添が言う。

「奴らは十分な糧を得るために、ブリーダーに毒を注ぐ。快を得られないと苛立ち、快を得るとあの世へ行きそうなくらい幸福を感じるような毒。だからブリーダーは快を得るためになりふり構わなくなる。薬物中毒と同じだ」

「じゃあ……、カッター女の快楽は、水流添さんと付き合うことで、満たされてたんですね……？」

要するにセックスがよかったのだろうと真己は思った。それがわかったのか、水流添は小さく首を振って答えた。

「カッター女の快は、俺とのセックスじゃない。虚栄心《きょえいしん》が満たされることだった」

「虚栄心……？」

「あの女、美人だろ？　銀座でホステスやってたんだ。係じゃなかったが売れてた」

「は？　え？　係？」

「銀座の店の仕組みだ、詳しく知りたかったらあとで俊に聞け。とにかくあの女は、金が欲しいからホステスやってるっていう、わかりやすい女だ。その金で、他人から羨ましがられたり、感心されることで快感を得ていた」

高級マンションに住み、高額な服やアクセサリーで身を飾る。あちこちの高級店の店長になになに様と呼ばれて特別待遇されて、他人から羨望《せんぼう》や嫉妬の視線を向けられる。

「そういうことがなによりも快感だった」

「ああ、なるほど、虚栄心てそういうことか……」

「金は持ってる。贅沢品に囲まれ、贅沢に暮らしてる。だが蟲に寄生されているかぎり、快を欲する気持ちは満たされないわけだ。で、さらなる快楽を手にするために女が欲しがったのが、ステータスだった」

「ステータス……？」

「ああ。人から羨ましがられる立場。まあ、社長夫人とかな」

「ああ……」

ものすごく納得した。真己だって、あの人社長夫人なんだよ、と言われたら単純に感心してしまう。無意識に大企業の社長の妻をイメージしてしまうので、優雅な暮らしをしているセレブを連想してしまうからだ。そういう目で見られたら、たしかに虚栄心は満足するだろう。

「あ、だから水流添さんが社長のふりして欺《だま》しに行ったんですね」

ほんの数時間前、俊に向かって、会社経営者に偽装《なれ》るなら担当を代わってやる、と言っていたことを思いだした。そこで、あれ？　と疑問に気づく。

「欺しに行くのはいいですけど、なんで水流添さんはあのカッター女に蟲が憑いているって知ってたんですか？　以前からの知り合いとか……？」

「そりゃ依頼を受けたからだよ」

「依頼って……」

　真己は顔を引きつらせた。依頼を受けるとはつまり、恋愛詐欺という仕事があるということだ。それも多分、アングラ的な仕事。やっぱりヤバい人たちなんじゃないかと思ったが、蟲のことをちゃんと聞かなければ怖くて帰れない。ふつうなら、アレは見えない、と水流添に言われたからだ。

（やだやだ、俺は関係ない、関係ない……っ）

　心の中で自己暗示を掛けるように呟いていると、水流添が言った。

「俺に依頼してきたのは、ちょっと名前は出せないが、大企業の社長さんだ。創業者一族で上層部を固めてて、次の社長になる予定の御曹司がいる。その御曹司に悪い女がつきまとっているってさ」

「カッター女のことですね……？　ホステスが客に恋愛を持ちかけるのなんて、よくある話に思えるんですけど……」

「いいか、真己ちゃん。銀座の売れっ子ホステスは、自分に金を使わせない。店に金を落とさせるんだ。客の落とした金の半分が自分の懐に入るんだからな。一本百万のシャンパンを入れさせりゃ、五十万が懐に入る。勿論《もちろん》日給だ」

「す、すごい……っ」

「そのために綺麗に着飾って、どんな会話を振られても話が弾むように勉強して、客にいい気分になってもらえるように努力するわけだ。言い方は悪いが、客は全員が金づるだ。愛だの恋だの、ましてや結婚の対象になんかしない」

「は、はい……」

「客のほうもそれをわかってる。ホステスのノルマのために同伴をしてやったりはするけども、セックスや交際を迫るなんてことはしないんだ。だからあの女が御曹司の婚約者に嫌がらせをするなんて、銀座の、しかも売れっ子ホステスなら絶対に取らない行動だってわかってる。わかってるからこそ、おかしいと気づけた」

「カッター女は婚約者に嫌がらせまでしたんですか……っ」

「社長夫人になるためには、どうしても御曹司が必要だったからな」

水流添はフンと鼻を鳴らして続けた。

「御曹司の婚約者も良い家のお嬢さんだ。ホステスに嫌がらせをされたんじゃ家同士の問題になる。そこで御曹司の親父さん、大企業の社長さんが動いた。女に金を積んだり、店のママから、銀座で働けなくしてやると脅《おど》させたり、好条件の男と結婚させてやると持ちかけたが駄目だったらしい。どうすれば諦《あきら》めてくれるんだ、条件はなんでも呑《の》むと言ったら、社長になる男と結婚したいと言ったそうだ」

「ちょ、直球ですね……っ」

「で。困り果てた社長さんは、伝手《つて》に伝手を頼って俺に依頼をしてきたんだ。毒虫みたいな人間を引きはがしてくれる、蟲取り屋……恋愛詐欺師の俺に」

「……」

　真己はごくりと唾を飲みこんで水流添を見つめた。

「あの……、ということは、水流添さんは、一流の別れさせ屋として、知る人ぞ知るという感じなんですか……？」

「俺は別れさせるのが仕事じゃない。蟲を捕るのが仕事だ。ただ、さっきも言ったがふつうの人間に蟲は見えないからな。手段としてよく恋愛詐欺を働いてるから、恋愛詐欺師と呼ばれてるだけだよ」

　恋愛詐欺師。

　ああなるほど、と真己は納得した。社長夫人になりたいカッター女に、恐らくは御曹司の父親から紹介させたのだろう。若いのにこんなすごい会社を経営しているんだ、などなど、カッター女が御曹司から乗り換えそうなことをうんと言ってもらったはずだ。そうしてまんまとカッター女を自分に惹きつけ、誰にも絶対に渡さないと思うくらい、カッター女を惚《ほ》れさせた。

（きっと甘い言葉とかたくさん囁いたんだろうな……。カッター女が満足するデート、満足するプレゼント、満足する……セックス）

　蟲を捕るためなら手段は選ばないということなのだろうが、本気で人を惚れさせるテクニックを持つ水流添が、少し怖いと真己は思った。

「……よ、よくわかりました。理解しました」

　コクコクと頷いた。蟲がなんなのかも、蟲に取り憑かれた人が欲求を満たすために正気ではなくなることも、そして水流添はその蟲を駆除できる、たぶんただ一人の人間だということも。真己は深呼吸をすると、じわりとにじんだ手汗をスラックスにこすりつけ、非常にいやな予想だが多分当たっていると思い、真っ直ぐに水流添を見つめて尋ねた。

「それで、蟲が見える俺は……、す、すでに、蟲に取り憑かれて……いるんですよね……？」

声がふるえた。あの気味の悪い蟲が自分の魂にしがみついているところを想像すると、吐き気がするほどの嫌悪を感じる。涙目になって水流添を見ると、水流添は、いや、と首を振った。

「真己ちゃんには蟲は憑いていない。ただ、唾をつけられている」

「……っ、唾……？　え？　え、え!?　じゃ俺、なんだかわからないけど狙われてるってことですか!?　カッター女にとっての水流添さんみたいに、チンコ切りたい変質者にとっての俊さんみたいに、誰かが俺を使って快楽を得ようとしてるんですか!?」

「真己ちゃん、順を追って、…」

「いやだ、冗談じゃないです、やめてください、あんな蟲憑きの奴にっ、誰ですか、誰が俺を!?　どうしよう、怖い、怖いっ」

「落ち着け、真己ちゃん。落ち着け」

「俺を餌《えさ》にしようというくらいだから、俺の知ってる人ですよね!?　逃げます俺っ。どうせ派遣もクビになったしっ、ちょっと遠くに引っ越せば逃げられるんじゃないですかっ!?」

「真己ちゃん、…」

「俺っ、カッター振り回すような女と結婚なんかしたくないしっ、チンコ切りたいという男なんかと付き合えないっ、いやだ怖い、逃げますっ」

「落ち着けって、あっ」

真己は椅子を蹴倒して立ち上がると、ドアに突進した。頭の中は、逃げるんだという言葉でいっぱいだ。水流添は小さく舌打ちすると、デスクに手をついてひらりと飛び越え、真己がドアノブを掴む寸前で抱き留めた。

「待て、真己ちゃん」

「放してください、逃げるんだ、逃げるーっ、いやだ、怖いっ」

「大丈夫だ、大丈夫。俺がいるだろう」

「水流添さんがいたらなんだっていうんですかっ、狙われてるのは俺なのにっ」

「だから俺のそばにいろって言ってるんだ。逃げても無駄なんだ、真己ちゃんは唾つけられてるんだから、奴らはどこまでも追ってくる」

「……っ、じゃ、じゃ、どうすればいいんですかっ」

「だから俺のそばにいろ。真己ちゃんは俺が守る。絶対に守るから。俺のそばにいれば安心だ」

「ほ、本当に、本当に!?　安心ですか!?　っ、水流添さんがなんとかしてくれるんですかっ!?」

「そう、俺が責任持って真己ちゃんを守る。相手が蟲なら、俺しか真己ちゃんを守れない」

「……っ」

真己はぐっと言葉に詰まった。人の魂に寄生して、人の感情を操って、糧を得る蟲。寄生された人間がどうなろうが……あのカッター女のように狂気を孕《はら》もうが、餌を横取りしたと勘違いされた真己のように、無関係な人間が被害を被ろうが、屁《へ》とも思わない蟲。ふつうの人には見えず、捕獲することもできない蟲。

（もし、もし俺を狙ってる宿主が、暴力的なことに快感を覚える性質だったら……）

捕まったら悲惨な目に遭うことは確実だ。悪くしたら殺されるかも知れない。

ふいに胃のあたりに猛烈な不快感を感じ、吐きそうになった。なんとかこらえたが全身に鳥肌が立つ。想像を絶する怖さで涙があふれてきて止まらなくなった。

「た、助けてください、助けて水流添さんっ、殺されたくない……っ」

「大丈夫だ。俺がいるから」

「助けて……っ」

「ああ。俺に任せておけ」

真己は水流添にすがりついた。水流添にすがるしか、蟲から逃げる方法はないのだ。水流添はふるえる真己をしっかりと抱きしめ、大丈夫だ、と言い続けてくれた。

馬鹿でかいベッドに寝かされた真己は、ほんのり灯した間接照明の中、ここなら安心だ、大丈夫だ、怖がらなくていい、と繰り返してくれる水流添の低い声のおかげで、なんとか涙も止まり、体のふるえも治まった。

「……ここ、水流添さんの家ですか？」

「ああ。安心していい、芸能人や有名人も住んでるから、セキュリティは万全だ。蟲が憑いているとはいえ、ただの人間は入ってこられない」

「でも、明日は？　俺、ずっと水流添さんのそばにいるわけにいかないですよね、水流添さんだって仕事があるのに……」

「大丈夫だよ。俺のそばにいればいいんだ。事務所へも一緒に行けばいい」

「そ、そうは言っても、俺も仕事探さないとならないし、だから街へ出ないとならないし、蟲に見つかったらどうしよう……っ」

また神経が高ぶってきた。恐怖というものは感情の中で一番制御できない。怖い、水流添さん、怖い、と口走ると、ギュッと強く手を握ってくれた水流添が言った。

「俺がそばにいてもまだ怖いか？」

「だ、だってっ、四六時中、そばにいられるわけじゃないでしょう……っ」

「……そんなに怖いなら、俺のものになるか？」

「……は……？」

真己はキョトンとして水流添を見た。水流添がそっと真己の前髪を梳《す》きながら言う。

「俺は大事なものは、頼まれても脅されても人にはくれてやらない主義だ。真己ちゃんが俺のものになるなら、包丁向けられたってブリーダーなんかに渡さない。それ以前に、唾をつけられた段階で蟲取りに動く」

「……そ、そこまで……そんなに……どうして、俺を……」

「簡単に言えば、放っておけないからだ」

　水流添はにっこりと笑った。

「真己ちゃんが泣いたりふるえたり怯えたりするとな、落ち着かないんだよ。可愛くて可哀相で、なんとかしてやりたいと思ってしまう」

「え、それ……、いや、俺、男ですよ……」

「俺は体の形状にこだわりがない。可愛い奴は可愛い」

「か、顔が、好みだから……？」

「それは重要だよな。可愛いと思わなけりゃ、もっと知りたいと思わないしな」

「……つまり、俺と、付き合いたいって、ことですか……？」

「はっきり言えば、抱きたい」

「……」

　ビクッとした真己が手を引こうとする。それをギュッと握りしめて放さず、水流添は言った。

「だけど真己ちゃんが男は生理的に駄目なら引く。無理強いはしない。俺のものになれとも二度と言わない」

「……その代わり、蟲からも守ってくれないってことですか……？」

「あんまり俺を舐めるな？」

水流添は苦笑し、キュッと真己の鼻をつまんだ。

「体と引き替えに守ってやるなんて、俺はそこまで下衆《げす》じゃないぞ」

「あ……、すみません……っ」

とんでもなく失礼なことを言ったのだと気づき、真己は身を縮ませた。水流添は微苦笑をして言った。

「真己ちゃんを狙ってる蟲は俺がきっちり始末する。無条件でだ」

「……もし、水流添さんのものにならないって言ったら、また次に蟲に狙われても、もう助けないってことですよね……？」

「だからあんまり俺を舐めるなよって。いつだって助けてやるさ。蟲だけじゃない、変質者からもストーカーからも勘違い女からも。生活に困ったら養ってやるし、仕事も紹介できる。もちろん料金なんか取らない。惚れた弱みだ」

「……」

「真己ちゃんが平和に生きていくためなら、俺はなんでもするよ。ただまあ、結婚相手を探してくれと言われたら、引き受ける代わりに下衆を発動するな。間違いない」

「そんなひどいこと、頼みませんよ」

思わず苦笑をすると、水流添がなんとも甘い笑みを浮かべた。真己の心は揺れた。助けてもらいたいという打算は、もちろんある。けれどそれとはべつに、水流添自身に惹かれている自分に気づいている。料金を取っているとはいえ、魂に寄生するような危険で不気味な蟲を捕獲している水流添。寄生された人のためにも、餌として狙われたり、快を得るための道具にされていたりする人のためにも。水流添の得にはなんにもならないのにだ。自分だったらと真己は思う。自分だったらきっとできない。あんな蟲を捕るなんて恐ろしいし気持ちが悪いし、それに、自分と関係のない人のために危ない目に遭いたくない。

（でも水流添さんは、それをやっている）

お金のためなら、新橋のアロマ輸入商社を経営するだけで十分だろう。それなのに水流添は、ボランティアではなく、料金を取って仕事にすることで責任を背負い込み、やりたくなくても面倒でも、他人のために蟲を捕りに行く。真己のように上辺だけの親切ではない、もっと深いところ、心根自体が善良なのだ。

そんな水流添が、抱きたい気持ちで真己を好きだと言う。その気持ちを拒否しても、真己のことはずっと守ると……蟲からも、そのほかの困難からも、守ると言っている。

真己は揺れる瞳で水流添を見上げた。

「それ……、信じて、いいんですか……。恋愛詐欺師の水流添さんの言葉を、信じてもいいんですか……」

真己はじっと水流添の目を見つめた。目を見れば嘘をついているか本心なのかわかるとは思わない。自分はそれがわかるほど人と係わってこなかった。けれど、瞳の動きは嘘をつけないことを知っている。真己は探るように水流添の瞳を覗きこんだ。水流添はふっと微笑《わら》うと、真己の頬を両手で包んで囁いた。

「詐欺師としてなら、こう言うだろうな。信じてくれと。だけど真己ちゃんには言わない」

「……」

「信じる、信じないは、真己ちゃんの自由だ」

「……」

真己は思わず微笑をこぼした。事務所で蟲の話を始める前に言った言葉と同じだ。真己は言った。

「水流添さんは、嘘をつかないですもんね」

「詐欺師だから、仕事では嘘しか言わない。だが、実生活では正直でいようとは思っている」

「……もし俺が、蟲に目をつけられてなくても、俺のこと、好きになっていた……？」

「蟲に関係なく、出会っていたらな」

「……」

「俺のものになれ。真己……」

水流添が体を倒し、ゆっくりと顔を近づけてくる。真己に十分に、拒否をする時間を与えてくれる。ずるい、と思い、同時に、紳士だ、とも思った。エリートビジネスマンとホストの中間のような、キリリとして、でも甘さもあるひどく整った顔が近づいてくる。

（決めるのは俺だ。判断をするのは俺だ。水流添さんを選んだら、あとでどんな言い訳もできない、許されない）

この数秒は、水流添のそんな気持ちの表れだと思った。

吐息が唇にかかる。真己のまぶたが自然と下りた。唇に柔らかな感触を受けた。ファーストキスが男とかよ、でも男の唇も柔らかいな、特に気持ち悪くもない、ああ、なんで俺の唇舐める……。そこで、真己の意識は途切れた。

水流添は深くきつく、眉間に皺《しわ》を寄せて寝室を出ると、苛立ちをあらわにどかどかとダイニングに向かった。

「俊」

「あ？」

俊はダイニングで、買いこんできた総菜と、レンチンしたパックの白米をガツガツと食べているところだ。水流添は自分もパック白米をレンジに突っ込むと、お茶のペットボトルをプシッと開けて言った。

「おまえ、真己ちゃんに眠剤盛っただろう」

「安定剤な。あんな泣いててふるえてて、ただのホットミルクじゃ効かねーよ。おかげでおとなしく寝ただろ？」

「寝たよ、愕然とするほどあっさりとなっ」

「……なに苛ついてんだよ。もしかしてゾエ、あんた真己にいかがわしいことでもしてたの？」

「しようと思っていたんだよっ。なのにな、なのにっ、やっと唇をくっつけたところで寝落ちされたんだよっ」

「ざまあみろっ」

　ゲラゲラと俊が笑った。テーブルに着いた水流添は、黙れ、と唸り、買ってきた生姜焼きをガッと口に押し込んだ。

　ここは新橋の事務所から車で二十分ほど、窓から六本木ヒルズが見えるという、都心ど真ん中のマンションだ。一億、二億では買えない値段だが、その代わり広く、これが一番重要なのだが、真己にも言ったようにセキュリティは万全だ。

　俊はニヤニヤしながら鶏の唐揚げを箸《はし》で突き刺した。

「真己のどこに惚れたんだよ。会ったばっかじゃん。顔が好みだったから？　でもゾエはその程度じゃ他人に踏み込まないよな。どこがよかったんだ？」

「……可愛いからだよ」

「顔だろ？　綺麗可愛いけど、アレは女装映えしないぜ？　輪郭がどうしても男だし」

「馬鹿か、女装させるつもりなんかねぇよ」

「女装イケるなら使えると思ったんだけどな。ほかは？　ほかはどこに惚れたんだよ？」

「うるさい」

「教えろって、俺とゾエの仲じゃん。どんな美人にも、どんなイケメンにも、どんな金持ちにも、どんな頭いい奴にもなびかなかったあんたが、なんで真己なんだよ。なー、教えろよー。顔とどこ？」

「……いい匂いがしたんだ」

「俺だっていい匂いがするぜ？　事務所の匂いが染みついてるからな。はい、匂い説は駄目。正直に言えって、どこに惚れたんですか～？」

「ムカつくな、この野郎……」

　ニヤニヤと薄笑いを浮かべる俊をジロリと睨み、水流添は温まったパックごはんを持ってくると、乱暴に蓋を開けて言った。

「サイズがよかったんだよ、俺の腕の中にすっぽり入って。可愛いと思ったんだ」

「俺だってゾエの腕の中にすっぽり入るじゃん。ゾエとする立ちバック、サイコー感じる。真己ともしてぇだろ」

「してぇよ、うるせぇな。ガンガン攻めて泣かせてぇよ」

「お、地が出てきた。で、真己のどこにキュンときちゃったんだよ」

「しつけーな。……放っとけないところだよ」

「あ～、それか～」

　納得、という表情で、俊は何度もうなずいた。

「なんか真己、ふわふわしてるもんな。ビビりだし気持ちダダ洩《も》れさせるし、なまじ真面目なだけに心配になるのわかるわ。就職失敗したこと親に言えないのも、クソみてぇなプライドからじゃなくて、心配と迷惑をかけたくないからだろ。大学出て派遣社員なんて、学費、ドブに捨てさせたようなもんだしな。けどあいつ、ゾエと同じで、他人なんかどうでもいいっていう冷たいところもあるぞ」

「他人がどうでもいいのは誰だってそうだ。優しいとか親切ってのは、自分に火の粉が降りかからないかぎり、っていう但《ただ》し書きがつくんだよ」

「そう言われりゃそうだな。それに実際、真己は可愛いもんな。蟲見た時の悲鳴を思いだすと、マジ笑える」

「世の中にはゴキブリを見て悲鳴をあげる男もいる。初めてアレを見て、怒り任せに踏み潰せる奴はな、俊。世の中広しといえどもおまえくらいだ」

「だから悪かったって。殺しちゃいけないなんて知らなかったんだから、しょうがねーだろ？」

あっけらかんとして俊は言い、唐揚げを口に放り込んだ。そういうことを言ってるんじゃないと思った水流添は、眉を寄せたまま黙々と食事を進めた。唐揚げを飲み込んでから俊が言った。

「で、真己を狙ってる蟲、どうすんの？」

「……悩んでる」

水流添はため息をこぼし、事務所でのことを思い返した。

マンションに連れてくる前、真己を事務所で泣かせるだけ泣かせて落ち着かせると、椅子に座らせて話を聞きだした。

「俺がいるから大丈夫だ。必ず助ける。だから落ち着いて、話を聞かせてくれ」

「……す、すみません、取り乱して……」

ズルッと鼻をすする真己に、俊がボックスティッシュを投げた。受け取った真己は女子のようにそっと鼻水を拭う。水流添は床に座りこむと、真己の膝に手を置いて、そばにいるというボディランゲージをしながら言った。

「真己ちゃん、彼女は？　あるいは彼氏」

「い、いません……。誰かと付き合ったことがないので……」

「よし、彼女や元カノ方面は消していいってことか。それじゃ今現在、真己ちゃんに執着している人は？　男でも女でも。食事やデートに誘ってきたり、はっきり告白してきたりした奴はいるか？」

「俺に執着……」

真己の頭にパッと浮かんだのは糸川だ。職場が同じというだけで、仕事上でも個人的にも話をしたことはない。それなのに真己のなにがいいのか、廊下やエレベーターで二人きりになるとセクハラじみたことをしてくる。

「糸川さん……、さっき話した、カッター女を説得してくれた女性かな……。俺のことすごく気に掛けてくれて、準社員に推薦するって言ってくれるんです。そのあと結果を出せたら親会社に押し上げてくれるって……。これって俺に執着してることになるんでしょうか」

「社員に推すって理由、聞いたか？　まともな理由だったか？」

「理由もなにも、俺は派遣で簡単な事務しかしてなかったんで、仕事の成果とか関係ないと思います。仕事を真面目にするのは当たり前のことだし……。ただ、何度か理由聞いたあと……その……」

「うん？」

真己は言いよどみ、恥ずかしい気持ちをこらえて答えた。

「俺が……、か、可愛いからって……」

「……そうか」

思いがけず水流添も俊も笑わず、それどころかさっと表情を引き締めたのだ。え？　と焦る真己に水流添が言った。

「その女に魂、いや心、えーとつまり心臓だな。心臓のあたり、さわられたことあるか？　胸の真ん中、あるいは背中の真ん中とか」

「あります、けど……。セクハラだと思って注意してたんですけど、隙を突かれて何度かさわられました」

「決まりだな」

水流添は顔をしかめてため息をこぼした。真己の膝をぐっと握って、落ち着いて聞けと意思表示しながら言う。

「それはな、真己ちゃん。蟲が餌にマーキングしてるんだ」

「……」

真己の顔がたちまち青くなった。糸川に蟲が憑いていると水流添は言っているのだ。あの美人でスタイル抜群で、仕事もできて男性社員に人気の糸川に。

（あ、あんな、ふつうの人に見える糸川さんに……）

　ということは、ふだんも電車の中などで蟲憑きの人とすれ違っているかもしれないということだ。もしかしたら知らないうちに糸川以外からもマーキングをされているかもしれない……。そんな恐ろしいことを考え、真己は表情を引きつらせた。

　それを見た俊は、またわめかれたら話が進まねぇと思い、飾り棚から見本用の香油の瓶を取ってくると、無遠慮に真己の顔面に吹き付けた。わっ、と驚いた真己が瞬間、怖さを忘れる。ふわっと立ち上る濃厚な甘い香り。驚いた表情のまま水流添を見つめる真己に、水流添が微苦笑して答えた。

「サロンにも卸してるただの香油だ。不安や恐怖を取り除く香りって言われている。甘くて、俺はあんまり好きな香りじゃないがな」

「はあ……、デパートの化粧品売り場の匂いみたいですね。あの、ありがとうございます、俊さん、落ち着きました。すみません、いちいち取り乱して……」

「当たり前だよ。あの蟲を見てなけりゃ、異常者が妄想を語ってると思うような話だ」

　水流添はポンポンと真己の膝頭を叩いた。そうされると、水流添はそばにいるのだと実感できて、平常心を取り戻せる。真己は深呼吸をして尋ねた。

「蟲に……狙われたら、どうなるんですか？　その、糸川さんが快楽殺人者じゃなければ、殺されることはないんですよね……？」

「そのとおり。蟲はブリーダーの欲求を煽るだけだ。だからその糸川って女が、殺人を含めて暴力に快楽を覚える性質ではないなら、真己ちゃんが痛い思いをすることはない」

「よかったです……、ホント、よかった……」

「まあ、精神的にか、肉体的にか、それはブリーダーの性癖によるけど、ただでは解放されないがな」

「え……」

「前に扱ったケースだが、料理自慢の女が、彼氏の胃が破裂するまで手料理食わせ続けたってのがある。好きな女にすごいと言われることに快を覚える男のケースは、借金やら盗みやら傷害やらやらかして、最終的に彼女をヤリ殺した」

「……」

「どっちのケースも最初は暴力的なこととは無縁だ。だから糸川って女がどんなに優しそうに見えても気を抜いたら駄目だってことだ。蟲に憑かれているんだ、真己ちゃんを可愛いと思っているなら、ペットにして飼いたい、檻《おり》に入れて独り占めしたいってところまで快を煽られるだろうから」

「は、はい……っ」

「ともかくも、真己ちゃんがブリーダーに捕まる前に気づいてよかったよ」

「ほ、本当に、そうですね……っ」

真己はじわりといやな汗を浮かべた。糸川は軽くセクハラをしてくることから考えて、やはり性的なことを真己に求めているのだろうか。そう尋ねると、うーん、と水流添は首をひねった。

「正直、まだわからない。ブリーダーの情報がなさすぎる。真己ちゃんでなにをしたいんだ？　なんで真己ちゃんなんだ？　それがわからないと罠の仕掛けようがないな……。わかってるのは、真己ちゃんが可愛いから、唾をつけたってことだけか……」

どうするかな、と水流添が呟くと、聞いていた俊がなんとも簡単に言った。

「ブリーダーの快がわかるまで、それこそ真己を餌にしとけばいいじゃねーか」

「は!?」

あり得ないと思った真己が見開いた目で俊を見る。俊は、しょうがねぇじゃんと言った。

「ゾエが罠を仕掛けるにしろ、ブリーダーの快がわからなくちゃ仕掛けられねーんだよ。可愛い子が好きってなら、俺が完璧可愛い子になって行くけど、見た目だけのことじゃねぇだろうし。なあ、ゾエ」

「うーん。可愛い子でなにがしたいのか、そこが問題なんだよな。ふつうに恋愛して結婚まで持ち込みたいのか、ただのツバメにしたいのか、はたまた首輪つけて飼いたいのか、着せ替え人形にして遊びたいのか……」

「……どれもいやです、いやだ、冗談じゃないですっ」

せっかく俊が吹き付けてくれた鎮静作用のあるアロマも、新たな恐ろしい予言の前に効果を失ったようだ。真っ青な顔で今にも泣きそうになりながら、体をふるわせて訴えた。

「いやだ、蟲の餌になって人のいいように使われるなんていやですっ、俺はふつうに生きていきたいっ、帰ります、逃げます、どいてくださいっ、絶対逃げるっ」

「わかった、わかった。逃がしてやる、匿《かくま》ってやるから、落ち着け」

水流添をふりほどいて逃げようとする真己を、水流添はがっしりと抱き留めてなだめ、自宅マンションに連れてきたのだった——。


俊が盛った安定剤のおかげで真己は眠りにつけたが、キスともいえないキスでお預けを食らった水流添はムカムカしている。俊の注視を受けながら黙って夕食をとり、頭では、どうやってブリーダーの快を探ろうかと考えた。

(俺が派遣社員になってその会社に行くか？　でもなぁ、俺はいわゆる可愛いって面じゃないからなぁ……。俊なら可愛くて、真面目だけど頼りない、母性本能にガッツリ訴える子をできるだろうが……)

水流添は俊に視線を向けて尋ねた。

「おまえ、一般事務できるか？　パソコンで文書作成とか表計算とか、どうだ？」

「パソコンなんてゲームでしか使ってねーよ、知ってんだろ？」

「だよなぁ。俊に派遣社員になれってのは無理だよなぁ」

「真己の代わりか？　必要なスキル教えてくれりゃ、一週間で覚えるよ。でもタダじゃやらねぇ」

「もちろんだ。その時は俺が払う」

「よし。そっちやる前に、俺のブリーダーを片付けようぜ。昼間会社員で夜はオカマバーじゃ、俺の身が保たねぇもん」

「わかってる、来週やろう」

二人は軽く打ち合わせをすると、俊はゲームに興じ、水流添は表の仕事である輸入関係の書類仕事に取りかかった。


夜は羽織り物が必要だが、昼間は長袖シャツ一枚でちょうどいい。十月、秋晴れの爽やかな日が続いている。

「所長にコネが利くってことは、派遣会社に登録してある真己ちゃんの個人情報は、ブリーダーに筒抜けと考えていい」

水流添にそう言われてふるえ上がった真己は、言われるまま酒屋に間借りしていた部屋を引き払い、絶対に安全だという水流添のマンションに引っ越した。空いている寝室が二つもあったので、俊の隣の部屋をひとまず借りたが、いざ夜になってベッドに入ると、物陰や暗闇からあの蟲が出てくるのではないかという恐怖にとらわれて、どうしても一人で眠れず、結局水流添のベッドで一緒に寝てもらっている。真己と水流添、俊、三人の奇妙な共同生活が始まって一ヶ月が経っていた。

「……はい、いつまでもはっきりしなくてすみません。あのカッター女のことが思ってたよりショックで、ちょっとのんびりしていたくて……」

なかなか糸川に再就職の話を持ちかけない真己に、糸川のほうから頻繁に連絡してくる。そのたびにのらりくらりと話をはぐらかしている。もちろん水流添の指示だ。通話を終えてキッチンに入り、電話のせいでちょっと冷めてしまったおかずをダイニングに運ぶと、俊が言った。

「なー、おまえらセックスしてんの？」

「……するわけないです」

鶏のガーリックソテーの皿を、ドンと乱暴に俊の前に置いた。おお、と驚いた顔をする俊を冷たい目で睨み、水流添に言う。

「そうですよね、水流添さん。俺たちは清い関係ですよね。ただ一緒に寝てるだけですよね」

「まあなあ。真己ちゃん、ちょっと雰囲気出すと逃げるからなぁ。そのくせ俺にくっついてくるし、俺は生殺しだ」

「そ……、それは申し訳ないと思いますけど、俺たち出会って一ヶ月ですよ!?　体の関係なんて早すぎるでしょう!?」

「それなら、何日経ったらしてもいいんだ？」

「何日って、そういうことじゃないと思います。その時の気分というか、なんかこう、波長？　波長が合った時というか」

「波長は合ってると思うがなぁ。俺は真己ちゃんに惚れてる。真己ちゃんも俺のことがちょっとは好きだろう？」

「ちょっとどころかだいぶ好きです。他人、それも男にくっついて寝るなんて、水流添さん以外だったら考えられませんから」

真己が赤い顔でぼそりと言うと、聞いていた俊が呆れ顔で言った。

「真己ってあれだな、貢《みつ》ぐだけ貢がせて、手も握らせてやらねぇクソ女と同じだな。貢がせることの代わりに蟲から守ってもらってさー」

「そんな打算的なことじゃありませんっ。それにキスはしてますよっ」

「どうせ真己様の許してくれるキスなんて、事故みたいなキスなんだろ？　口と口がぶつかっちゃったー程度の。やってられねぇよな、ゾエ」

「ふつうのキスですよっ。水流添さんに教えてもらってできるようになったんですからっ」

憤慨《ふんがい》して言うと、真己を手伝って味噌汁を運んできた水流添が言った。

「真己ちゃん。思いきり俊の誘導尋問に引っかかってる。真面目なのはいいが、聞き流すことも覚えたほうがいい」

「あ、はい……っ」

自分でキスをしていることを暴露、しかも水流添に教えてもらったことまで白状してしまったことに気づき、真己の顔が燃えるように赤くなる。かっこ悪い、こういう反応は高校生までだろうと思うも、自律神経は意志ではどうにもできない。真己は真っ赤な顔で逃げるようにキッチンに入り、トマトとブロッコリーだけの簡単サラダを運んだ。

「真己がいるとメシが旨いよな」

ずずっと味噌汁をすすった俊がしみじみと言う。

「マジ、ありがとな。ゾエに拾われて総菜食い放題になって幸せだと思ってたけど、真己の手料理ってヤバいくらい旨い。これを毎日食えるのが幸せって言うんだよな」

「褒めてもらって嬉しいですけど、俺も一人暮らし始めてから料理覚えたんで、簡単なものしか作れなくて、なんか申し訳ないです。あ、でも、肉とか野菜とか、レシピどおりに買えるので、そのあたりでおいしく作れてるんだと思う。ありがとうございます」

二人に向けて礼を言った。

マンションに越してきて最初に驚いたのは、食事はすべて、各自が総菜を買ってきてすませるということだった。自分にはそんな贅沢は無理だと思った真己が、申し訳ないがキッチンを使わせてもらえないだろうか、もちろん光熱費は払うと言うと、俊が目を丸くして言った。

「真己、料理できんの!?　じゃあ食費払うから俺のも作って」

「いや、料理っていっても肉野菜炒めとか、豆腐ハンバーグとか、節約料理だから」

「節約でも豪華でもなんでもいい、俺の分も作ってくれよ。メシ買いに行くのめんどくせぇんだよ、ゾエのかっぱらうとぶっ飛ばされるしさー。マジちゃんと金は払うから」

「本当に男の手抜き料理ですよ？」

「問題ない、頼むっ」

　パン、と両手を合わせる俊に、それならと引き受けた。そこで水流添が口を挟んだ。

「俊だけ真己ちゃんの手料理食うの？　俺は真己ちゃんの彼氏なのに食えないの？」

「え、いや、そういうわけじゃ、…」

「俺も真己ちゃんに頼みたい。総菜の味に飽きた。もちろん俺も金は払う」

「水流添さんまで!?　でもこういう……これなんですか？」

　テーブル上の総菜を指さすと、俊が言った。

「エビのなんとかかんとかって書いてあった。こっちは京なんとかのなんとかサラダ。よくわかんねぇよ、エビ料理と野菜サラダ」

「その、こういうお洒落なのは作れないんですけど……」

「売ってるのがこういうのしかないってだけ。真己が作ってくれるならなんでもいい。もうね、フツーのごはんが食いたいのっ」

「ああ……。じゃあ作りましょうか？　その代わり文句はなしで」

「文句なんか言わねーし。材料費は朝飯と晩飯で月五万で足りる？」

「え、いや、俺はビンボーメシだから月に五万もかからないんですよ。それなら俊さんのはべつに作ります」

「は？　なに言ってんの？」

　俊が怪訝《けげん》な表情をする。説明不足だったかなと真己が思った時、眉を寄せた水流添が割って入った。

「ちなみに今まで、どんなおかず作ってたの？」

「もやしと挽肉の炒めたものとか、焼いた油揚げにネギを載せたものとかです」

「……」

水流添が黙って俊を見た。俊も黙って水流添を見た。二人して数秒見つめ合っていたが、よし、と水流添が言った。

「朝晩、三人分作ってくれ。俺と俊で十万払う」

「十万て、ええ!?」

「その代わりビンボーメシじゃなくて、ふつうのメシにしてほしい」

「待って、ふつうメシにしたら俺、自分の分の食費が払えないんでっ」

「三人分十万じゃ足りない？」

「足ります、大足りですっ」

「じゃ、そういうことで。真己ちゃんは料理を作るっていう労働で払ってくれればいい。それでいいか？」

「本気ですか……？　それは、正直助かりますけど……。じゃあ食費と家賃と光熱費は、料理掃除洗濯をするってことでいいんですか……？」

「掃除洗濯は必要ない。業者が入る。ああ、じゃあ、そのほかの細かいことを頼む」

「細かいことって、たとえばどんな……」

「俺が毎度イライラするのは便所紙とシャンプーがなくなってる時。俊は？」

「俺は米。晩飯は米にして。米じゃないと俺萎《しお》れる」

俊がなんとも可愛いことを言う。思わずほほ笑んで真己は言った。

「それなら多めに炊いて、いつでも食べられるようにしておきます。あ、ふりかけとお茶漬けの素も切らさないようにしておきますね」

「は？　米って家で作れんの？」

「え？　白米の話ですよね？」

俊は目を丸くしたが、真己のほうも目を丸くした。二人で見つめ合っていると、水流添が説明をするでもなくのんびりと言った。

「じゃあ便所紙なんかを買う雑費用に五万足して、十五万払う。ごはんとその他細かいこと、よろしくな」

「え、あ、はい。じゃあ末締めで、余った分は翌月十日にお返しするってことで」

「そんな余らないはずだ。近くのスーパーはなんでもかんでも高いし、俺も俊もガッツリ食うからな。やりくりしないと十五万じゃ収まらないと思う。万が一余ったらへそくりにしておきな」

「いやいや、絶対余りますすってっ」

「ある日いきなり冷蔵庫が壊れるかもしれない。俺も俊もいなかったら真己ちゃんが立て替えなくちゃならないだろう。そんな時のために余ったらへそくりしておいて」

「ああ、そういうことなら……。はい。ちゃんと家計簿つけますから」

真己は真面目な表情で家事仕事を請け負い、水流添たちから、可愛いなぁという微笑を向けられた。

そういう次第でキッチンは真己が預かることになったのだった。

水流添家、と言うのも変だが、この家で一番の早起きは、朝食準備をする真己だ。ケータイのアラームで目を覚ますと、隣で真己を抱き枕のようにして眠っている水流添を見る。

「……寝ててもイケメン……。どうしてこの人に今まで恋人がいなかったんだろう」

目の前に色っぽい唇がある。この唇と、昨夜もたくさんキスをした。舌を吸われたり、口の中を舌先でくすぐられるとうっとりしてしまうが、その隙に乗じてなのかなんなのか、水流添の手がそろりと体を撫《な》でてくると、真己はいつもビクッとして口づけをふりほどいてしまう。

「……だって怖いじゃん。セックス……」

だいたい修学旅行以来、他人のあそこなんて見たこともない。それに抱きたいと水流添は言っていた。となれば自分がいわゆる女役になるのだろう。ものすごくリアルに考えて、自分のモノが標準サイズとするなら、トイレで出すものと比べても、入らないことはないと思う。

「でもどう考えても気持ちいいはずないしな……。けど、その寸前までなら……べつに気持ち悪く……ない」

さわってこすって出すまでを可能な限りリアルに想像しながら呟いた真己は、もしかして自分はゲイなのかなと悩んだ。思春期からこれまで、抜きの友として女体モノのエロ本を見ていたが、考えてみると、女子とヤリたい！　と強烈に思ったことがない。

「……俺、好きになったらどっちでもいいんだな、きっと。性別よりタイプが優先するのかも。俺のことを好きって言って、抱きたいって言ってるのに、俺の気持ちが追いつくまで待ってくれる、余裕っていうかゆとりのある人……うん、ちゃんと本当に大事に思ってくれる人が、好きだ」

真己はほほ笑むと、薄く唇を開けて眠る水流添に、ふれる程度のキスをした。起こさないようにそっとベッドを出てドレッシングルームへ行く。その背後で水流添が、目をつむったままニヤニヤと嬉しそうに笑っていることなど、もちろん知らない。

朝食と夕食の下ごしらえをすませると、起きてきた二人とともに朝食を食べる。それから三人揃って新橋の怪しげな事務所に出勤した。本日のスケジュールを確認して、それぞれの仕事に取りかかる。水流添は午後から営業でサロン回りに出て、俊は驚くべきことに読み書きともに英語がペラペラなので、通関業務を一手に行っていて、空港や港へ出かけて行くことが多い。真己は事務所が空になる午後一時から五時まで一人で電話番をしている。誰かが訪ねてきても絶対に入れるなと言われているが、これまでのひと月、誰かが商談に訪れてきたことはない。

午後五時、留守電をセットして帰り支度を整えていると、水流添が戻ってきた。

「あ、お帰りなさい。注文が二件あります」

「ありがとう、あとで見る」

今日も水流添はバリバリのエリートビジネスマンふうだ。かっこいいなぁと素直に真己は思う。水流添が商品見本がぎっしりと詰まった重たいバッグをデスク後ろの棚に置いて、真己が受けた注文を確認しているところへ、ちょうど俊が横浜《よこはま》から戻ってきた。

「俊さんもお帰りなさい。ちょうどよかった、今日はみんなで帰れますよ」

「おー」

俊は嬉しそうに笑うと水流添に言った。

「ゾエ、向こうの書類ミスでカマルオイルが税関でストップだ」

「またか……。質がいいから直買いしてるけど、やっぱ向こうの商社とおさないと手間だな」

「取引、変えるか？」

「いや、頑張ってくれてるから、もうちょっと様子見る。真己ちゃん、もう帰れるのか」

「はい。帰りにスーパー寄りたいです」

了解、と答えた水流添とともに、三人で事務所を出た。一階へ上がり、不気味な通路を奥へ歩いて行くと、途中でふいに両脇が駐車場になる。昔は商店、あるいは事務所だったところを駐車場にしてしまったようで、もっと遅い時刻になってシャッターを下ろされると、不気味な通路が延々と新橋駅まで続いているという風景になる。停められているのはハイヤーやバンなど周辺企業の社用車だ。その中に水流添のフランス製セダンも停められている。バイクは隣のスペースを借りて置かれていた。

　車に乗り込んで、いつも行くスーパーへ向かって進む。なめらかにハンドルを操りながら水流添が言った。

「真己様。今夜のごはんはなんでしょうか」

「豚バラ大根です。あとナムルと酢の物」

「ああ、おいしそうだな。寒くなったら鍋とか作ってくれるのかな」

「はい。一人暮らししてた時も豆腐と豚バラの鍋とかよく作ってました」

　真己が言うと、バックシートから身を乗りだして俊が言った。

「俺、ごった煮しか食ったことねーんだ。ちゃんと名前のある鍋食いたいっ」

「ごった煮……寄せ鍋かな？　肉や魚、野菜がたくさん入ってる鍋ですか？」

「ごった煮だよ。家にあるまだ食べられそうなものを全部入れた鍋。肉や魚は入ってなかったな、野菜の切れ端と袋ラーメンと、たまに魚ニソが入ってると豪華だった」

「はい……、じゃあの、名前のついてる鍋をいろいろと作りますね。水流添さんはなにかリクエストはありますか？」

「真己ちゃんの手料理ってだけで十分に満足」

「そ、そうですか……っ」

　甘いことを言われた真己の顔が、素直に赤くなる。俊がニヤニヤしながら言った。

「恋愛詐欺師の言うこと真に受けんなよ〜、チョロいな真己」

「俊。真己ちゃんはブリーダーじゃない。俺の恋人だ」

「なにが恋人だよ、一ヶ月も同棲してて、しかも毎晩一緒に寝てて、いい大人がセックスもしねぇってどんだけ？　あんたいいように使われてるだけじゃないの、ゾエ？」

「それ以上言うならただじゃおかねぇぞ」

「へー、なにしてくれんの？」

「煮魚、焼き魚、野菜の煮物、野菜の和え物、湯豆腐なんかを真己ちゃんにリクエストする」

「ごめんなさい、俺が悪かったです」

間髪《かんはつ》をいれずに俊が謝る。真己は思わず噴きだしてしまった。骨が多くて食べるのが面倒な魚や、パンチのない野菜の煮物などが俊は苦手なのだろう。真己もそうだが、肉がなかったり、魚にしても油で焼いたり揚げたりしたものがないと、どうもお腹いっぱい食べた気がしないので、俊の気持ちもわかる。真己は、ああそうだ、と思いだして言った。

「今はいいんですけど、俺、仕事始めたら作り置きとか増えると思います。すみません、たくさん食費いただいているのに……」

「作り置きだって冷凍だって、真己ちゃんの手作りだから大感謝だ。今も帰ってから作るのが大変だったら、事務所で作ってしまったらどうだ」

「え、事務所に台所があるんですか？」

「ある。隣の部屋」

「隣の……、あああ、いえいえいえ、あの部屋には入りたくないんでっ」

「今は蟲はいないよ」

　水流添はプククと笑った。

「チャンダン入りの壺に入れると、未成熟な蟲でも二週間で羽化するからな。カッター女に憑いてた蟲は、予想通り死んでしまったが」

「えっ、じゃあ死骸《しがい》は!?　まさか隣の部屋に保管してるんですか!?」

「いや、消えた」

「……は!?　それってまさか、逃げ出したってことですか!?」

　やめてーっ、と心の中で悲鳴をあげた。逃げ出したということは、死んでいないということだ。今もまだ事務所に潜んでいるかも知れないのだ、あの気持ちの悪すぎる蟲が！　真己が顔を引きつらせると、水流添が首をひねって答えた。

「逃げ出してはいない。確実に死んでる。死んでから消えたんだ。たぶんな、今頃は新しい蟲に生まれ変わって、誰かに取り憑いてると思う」

「え……」

「ずいぶん前だけど、俊が蟲を踏み殺したことがあるんだよ」

　えええっ、と真己は戦慄した。アレを、踏んだというのだ、俊が！　化け物でも見る気分でバックシートの俊を見ると、俊は平気な顔でうなずいた。

「ゴキブリ踏むのと一緒だろ？　害虫だから、踏み殺した。そんでゾエとさ、誰が掃除するんだって大喧嘩になってさ」

「そ、掃除、したんですか、踏み潰したアレを⁉」

「いや、喧嘩してるうちに消えたんだよな。蒸発したっていうか」

「……」

「俺の靴の裏も見てみたけど、いろいろぐちゃぐちゃしてたものが綺麗に消えてた。なにしろふつうの人間には見えない蟲だし、この世のモンともちょっと違うんじゃねぇの？　だからカッター女に寄生してた蟲も、たぶん蒸発したんだよ」

「……密閉されたキャンディポットの中で？」

「だって現にいなくなってるじゃん。チャンダンの欠片が入ってるから自力で出られねぇだろうし。なー、ゾエ。奴は蒸発したんだよな？」

　俊が話を振ると、水流添は、いや、と言った。

「蒸発って言うから真己ちゃんが混乱するんだろう。単純に、蟲は死ぬと消えるって言えばいいんじゃないか？　どうして消えるのか、物理的な仕組みは凡人の俺たちにはわからない」

　水流添の言葉を聞いて、もうそれでいいです、と真己は思った。あの蟲自体が現実離れしているのだから、死骸が消えたところでおかしくもない。真己が小さく身震いすると、のんびりとした口調で水流添が言った。

「ちゃんと羽化すりゃ綺麗なんだけどな、極楽蝶《ごくらく》」

「極楽蝶……、ああ、アゲハチョウのこと？　あの蟲、アゲハになるんですか⁉」

「アゲハよりファンキーな色してるな。原色の幾何学《きかがく》模様って感じだ。今度見せてやる」

「いいです、元があの蟲だと思うと気持ち悪いんで」

真己はブンブンと首を振って断り、水流添と俊、二人の微笑を誘った。真己はふと疑問に思ったことを尋ねた。

「あの、チャンダン？　てなんですか？　羽化するための蟲の餌？」

二人に初めて会った時も、事務所でチャンダンがどうのと言っていた。ずっとなんだろうと思っていた真己が聞くと、水流添が教えてくれた。

「チャンダンは日本語だと白檀《びゃくだん》。うちの事務所で最高に高い香木だよ。蟲用だから天然の最高級品を使っている。今じゃもうなかなか手に入らない。もちろんサロンには卸さない」

「ああ、白檀てなんか聞いたことあります。それ、蟲に効くんですか？」

「効く。チャンダンは邪気を浄化するんだ」

「邪気を浄化……」

「そう。毒虫から毒を抜くようなもの。寄魂蟲は邪気の塊みたいなもんだろう？　だからそれを浄化してやれば勝手に昇天する。ああ、つまり蝶になってお空に帰って行くってこと。だから俺たちは極楽蝶って呼んでいる」

「はー、なるほど……」

真己は感心してうなずいた。空、つまり天上が極楽を連想させるのだろう。日本人ならではのイメージだよな、と思った。

「蟲を入れるキャンディポットもすごい高いって言ってましたけど、それもなにか特注なんですか？」

「特注。人工水晶でできている。本当は天然水晶の壺が欲しいところだが、どうも天然物は容器に加工できないみたいでね」

「水晶……。あの、パワーストーン的な……？」

「それは偶然だな。いろいろ試行錯誤して、チャンダンと水晶が蟲に効果覿面《てきめん》ってわかったんだ。そこに至るまでの数々の失敗、聞きたい？」

「いえっ。結構ですっ」

蟲に関しての話はできるだけしたくない真己だった。チラリとしか見ていないが、あのおぞましい姿は脳裏に焼き付いている。アレの扱いでどう失敗したかなど、笑い話でも聞きたくなかった。

真己がよく利用していたスーパーとは二、三倍、ものによっては五倍も価格の高い品揃えのスーパーで必要なものを購入し、マンションに戻って夕食を仕上げて出す。ガッツリ味の染みたホロホロの豚バラ大根を口に運んだ水流添たちの顔が、幸せそうにだらしなく緩む。おいしいんだ、よかった、と真己は嬉しく思った。

食後のお茶を三人分いれてダイニングに戻ってみたら、二人はリビングに移動していた。いつもなら夕食後、水流添はダイニングとリビングの間に設けた仕事スペースで事務所の書類仕事をし、俊は自分の部屋に籠もってゲームをするのだが、めずらしいこともあるんだなと思う。そちらへお茶を運んだ真己は、テーブルの上にメモ書きや走り書きでいっぱいのコピー用紙と、パソコンで印刷したスケジュール表が広げられているのを見て、ギクリとした。糸川……真己に目をつけているブリーダーの蟲取り会議だと察したからだ。

　水流添に手招きされて長ソファに座ると、水流添が当たり前のように真己の肩を抱き寄せる。真己も自然と水流添に身を任せる。俊が水流添を睨みながら、見せつけんな、と唸った。

「真己はてめーのもんじゃねぇだろ」

「悔しかったらおまえもやればいい。まあ、てんで様にならねぇだろうがな」

「ちっとガタイがいいくらいで偉そうにしやがって。じゃあ俺は真己に抱っこしてもらう。ゾエじゃてんで様にならねぇよな」

「あーあー、抱っこしてもらえ」

　棒読みで水流添が言う。真己はうっかり笑いそうになりぐっと奥歯を噛みしめた。たしかに俊は十代に見えるし超絶に可愛いが、だからといって真己に抱っこしてもらって様になると自慢するのはどうかと思う。けれど俊は本当に真己の膝に向き合って座ると、肩に回されている水流添の腕を汚いもののように払いのけ、真己に抱きついた。予想はしていたが軽い、と驚く真己に、ベッタリと抱きついて俊は言う。

「真己、好き～っ」

「俺も俊さん、好きですよ」

　お返しに背中に腕を回して抱きしめたら、これまた華奢で驚いた。抱きしめるのにちょうどいいサイズで、他人に関心のない真己ですら庇護の感情をかきたてられる。俊に対して恋愛感情は湧かないので、これは父性本能というか男性本能に訴えるのだろうと驚いた。しかも女の子のようないい匂いまでする。なんだ俊さん、可愛い、と思い、真己は水流添に抱く気持ちとはべつに、ときめいた。

「真己、好き好き～っ。なあ、アイスとかプリンとかは作れねえの？」

「アイスは作ったことないですね。プリンは母親が作ってたので、作れると思います。おいしいかどうかはべつにして」

「きっとおいしいって。今度作って」

「はい、今度レシピ調べて作ってみます」

「あーもー、真己サイコーッ」

抱っこで甘えながらも、おねだりするのは食べ物のことというのが俊らしい。年上だとわかっていても可愛くて、ふふふと真己は笑った。

「さてと」

しばらく真己と俊にいちゃつかせていた水流添は、お茶を一口飲むと冷静に口を開いた。

「もういいだろう俊。真己ちゃんの膝から下りろ。話ができない」

「おー。はー、楽しかった。真己、また可愛がって」

「あ、はい、いつでも」

真己が生真面目に答えると、俊も水流添も思わずといったふうに小さく笑った。俊の可愛がっては、子供を可愛がることと意味が違うのだが、当然真己はわかっていない。俊が一人

がけのソファに戻ってあぐらをかくと、水流添が真己を見て言った。

「ブリーダーがいる会社に、真己ちゃんの後釜として俊を送り込もうとしたんだが、駄目だったのは話したな？」

「はい。翌日、すぐにべつの派遣が入ったんですよね。糸川さんからメールで教えてもらいました」

「そう。で、しょうがねぇから会社近くのコンビニに俊が入った。俊、一ヶ月で引っかかったか」

「あー、簡単にな。正社員になりたいと思ったら連絡くれっつって個人の名刺もらった。真己と同じ手口だな、就職を餌に釣り上げる。ソッコー食いついたふりしてブリーダーと会ったよ。メシ食わせてくれるっつーから焼き肉おごらせた、ラッキー」

俊はカラカラと笑った。ブリーダーと二人きりで夕食など真己には怖くてできない。俊は肝が据わっていると思っていると、で？　と水流添が先を促した。

「ブリーダーはなに言った？」

「住所っつーか、一人暮らしか、家族は何人だ、どこにいるんだ、連絡取り合ってるのかとか、個人情報？　さりげなくだけどすげー聞かれたな」

「教えたんですか？　大丈夫なんですか？」

真己は心配になって尋ねた。そんなことを教えたら糸川がマンションにやってきそうだと思った。けれど俊は、平気、と軽く答えた。

「偽名使ったし、住んでるところもテキトーに言ったし。正直に言ったところで俺個人を特定できる情報なんかない。俺、中学出て家出してダチの家転々としてたからな。もう十年近く家族とは連絡取ってねーし、あっちも俺のことは忘れてんじゃねぇのかな。俊だって本当の名前じゃねぇもん」

「そ、なんですか……」

俊はあっけらかんと笑うが、真己はしんみりしてしまった。家出をしなければならないような、なにかつらいことがあったのだろう。なんと言えばいいのかわからなくて真己が湯呑みに視線を落とすと、俊の事情をよく知っているだろう水流添が、平静な声で俊に言った。

「ブリーダー、そのままおまえを釣り上げそうか？」

「途中まではよかったんだ、俺身寄りがないも同然じゃん？　ダチだって軽い付き合いだし、俺を拉致ったところで誰も騒がないだろ？」

「まあそりゃそうだな」

「イケると思ったんだよ。んで、前はどんなバイトしてたか聞かれたから教えたら、いきなり俺に興味をなくしちまったんだよな～。水商売が駄目だったのかヒモが駄目だったのか売春が駄目だったのかわかんねーけど。顔は可愛いけど体は汚《きたね》ぇと思ったんだろうな」

「俊さんは汚くないですよ」

思わず真己は言っていた。ぐっと拳を握って俊を擁護《ようご》しようとしたが、ストップ、と水流添に止められた。

「俊のことは後回しだ」

「……すみません」

ハッとして、うつむいて謝る。俊はクスクスと笑い、真己は可愛いよな、と言った。

「こういうさ、身も心も汚れてねぇ童貞がブリーダーの好みじゃねぇのかな」

「ああ、俺もそんな気はしてる」

「なんだ、ゾエは箸にも棒にも引っかからなかったのかよ」

「そのとおり。コミュ障の貧乏フリーターのふりして接触してみたんだが、チラ見もしなかった。真己ちゃんや俊みたいに、可愛いツラじゃないと駄目らしいな。イケメンは用なしって感じだった」

「マジか！　わりぃ、俺が引っかけなきゃなんなかったのに。バイト歴失敗したな～、飲食系のバイトだけ言えばよかった。なんかこう、金のためならなんでもやるってキャラのほうがいいと思ったんだよ。社員寮にも入れてやるって言ってたし」

「社員寮？　あの会社、寮なんかありませんよ？」

真己が口を挟むと、俊が、知ってるよ、とうなずいた。

「全部調べずみ。ブリーダーがふだん住んでるマンションも、別宅も」

「別宅!?」

「渋谷《しぶや》のラブホ街の中にあるマンション。ブリーダーの部屋以外は、ほぼ怪しげな事務所ばっかりだ。まああれだよ、なにに使ったって苦情が出ない、そういうマンション」

「なんで別宅……、あ、そこを社員寮にして貸し出してるんでしょうか。それにしてもやりすぎじゃないですか、仕事の紹介だけじゃなくて住む場所まで用意してくれるなんて。人助けが糸川さんにとっての快なんでしょうか？」

真己が眉まで寄せて言うと、俊が、はー、とため息をついてしみじみと言った。

「マジで真己はいい子なんだな。育ちがいいってこういうこと？　ゾエが惚れるのも当たり前だ。俺ですら清らかな気持ちになるもんよ」

「おまえも真己ちゃんに落ちたか」

「ゾエとは意味が違うけどな。真己が冷たいのは、真己の人生とかけ離れたことに想像が及ばないからだな。映画でも見てる気分なんだろ。ゾエの自分第一主義とは全然違った。真己はちゃんと優しい」

「そう、ちゃんと優しい子だ。だからそばにいられる間は、俺とおまえで大事にしていこう。真己ちゃんは俺たちのチャンダンだ」

「毒気抜かれたら、あんた恋愛詐欺できなくなるだろ」

俊がゲラゲラと笑った。黙って聞いていた真己は、そばにいられる間、という水流添の言葉に、思いがけず大きな不安を覚えた。そばにいられる間とはどういう意味なのか。いつか水流添は離れていくつもりなのか。そんな動揺が正直に真己の顔に表れてしまっている。それに気づいた水流添が至近からにっこりと笑みをくれたが、真己は笑顔を返せなかった。

（なんで笑うんだ……、笑顔の意味、なんだ……）

水流添は、真己が平和に暮らしていくためなら、なんでもすると言ってくれた。そして水流添は真己には嘘をつかないとも言った。つまり水流添のほうから真己を捨てることはない、ということだろう。

(だったら……、俺のほうが水流添さんを嫌いになるとか、そんなことで離れていくって思ってるんだ……)

そんなことないのに、一生そばにいるのに。

真己は自分の気持ちを信じてもらえなくて、怒りなのか悔しさなのかわからないが、心の中で黒いものがぐつぐつと煮えるのを感じた。初恋愛に必ず訪れる、この愛は永遠症候群だ。心変わりなんかするわけないのに、と悲しくなったが、俊の言葉……いい大人が一ヶ月も一緒に暮らしていて、夜も同じベッドで寝ているのに、セックスもしない……、その言葉を思い返して、自分が悪いんだと思った。水流添にしてみれば本当に、都合よく真己に使われている気分だろう。大人だから真己がその気になるまで待てる余裕があるのだろうが、大人だから真己の体が欲しいと思うのも当然のことだ。

(水流添さんとしたいって思わない俺は、変なのかな……)

そんなことを考え込んでいると、水流添が、真己ちゃん？　と声をかけてきた。

「話の続きをしてもいいか？　聞く気はあるか？」

「……っ、あります、すみません、ぼんやりしてて、俺のことなのに……」

「なにか不安や不満があるなら、あとでゆっくり聞くよ。まずはブリーダーを片付けよう」

「はい。本当にすみません」

　真己はぺこりと頭を下げた。ギュッと肩を抱き寄せてくれた水流添が、よしよしといった具合に腕を撫でてくれながら言う。

「俊が突き止めてきたブリーダーの別宅、ラブホ街の真ん中の怪しげなマンションな。真己ちゃんは社員寮として使っているんだろうかって言ったが、個人でそういう部屋をキープしているとなったら、汚れきった俺たちはまず、監禁するためだと考える」

「かんき……ん……」

「そういうマンションなら、ちょっと悲鳴が聞こえようがドッタンバッタン物音がしようが、周りの事務所の人間はまず通報しない。みんな大なり小なり警察に知られたくない仕事をしているからな」

「……」

　真己の顔がたちまち青くなる。人を監禁するとか、ニュースで見るくらいで、とても自分の身に降りかかる危機とは思えない。それくらい現実感が乏《とぼ》しい。けれど自分がその対象として狙われているのだ。恐ろしくて、そんなことはないと言ってほしくて、真己は無駄に反論した。

「監禁って、でも仕事行かないとならないじゃないですか、会社に入ったら無断欠勤とかできないし、糸川さんの推薦だし、それに、監禁じみたことをしたら、あとで警察に訴えられて終わりですよ?」

「就職させず、家から出さずなら、なんにも問題ないけどな」

「いやそれって、一生面倒見る……」

そこまで言って、真己はふいに吐き気を覚えた。糸川が一生面倒を見るということは、言い方を変えれば、監禁された人間の一生は、糸川の気分次第……飽きたら処分される、ということだと想像がついたからだ。手足が冷たくなり、頭から血が下がるのがわかる。ヤバい、と思っていると、俊がふと席を立ってキッチンに行き、ホットミルクを持ってきてくれた。

飲みな、と真己に勧めた俊を、水流添がじろりと睨んだ。

「なんにも入れてねぇだろうな」

「メープルシロップ以外はな。それにまだベッドに行く時間じゃねぇだろ」

「そういう心の躍る話をする状況じゃねぇだろうが」

ふざける二人の前で、真己は情けなくもふるえる手でカップを持ち、ほんのり甘いミルクを飲んだ。以前にも作ってくれたが、蜂蜜よりも香りがよくて、甘みも癖がなくておいしい。

真己がゆっくりと、カップに半分ほどミルクを飲んだところで水流添が言った。

「大丈夫か？」

「はい……」

「できるなら真己ちゃんにはノータッチで蟲取りをしたかった。蟲取り屋の小せぇプライドから」

「……はい……」

「けど仕切り直すには時間がない。ブリーダーは真己ちゃんが準社員の話に乗らないとわかったら、逃がさないために実力行使に出るはずだ」

「実力行使って……、俺はこれでも男だから、糸川さんに誘拐されたりとかはないはずです。呼び出されても、もうべつの派遣先に勤めてますって言って断ればいいし……」

「あー……、うん。ブリーダーはただのＯＬだからな」

「そうですよ」

真己がホッとして言うと水流添もにっこりと笑ってくれた。俊がちらりと水流添にもの言いたげな視線を向ける。なんだろうと気になったが、水流添は質問する隙を与えずに言った。

「真己ちゃんには本当に申し訳ないんだが、ちょっとばかり協力してくれるか」

「はい、できることならなんでもやります。もともと俺の問題だし」

「助かるよ」

水流添はホッとしたように笑い、チュッと真己の頭にキスをした。俊にニヤリと笑われて、耳を赤くして真己は尋ねた。

「それで、俺はなにを……？」

「うん。ブリーダーに会ってほしい。準社員の話を聞きたいと言って」

「……糸川さんに、ですか……」

「大丈夫。俺と俊もあとから合流するから。真己ちゃんはブリーダーに会って、就職のことをふつうに聞いてくれ。あとはなにもしなくていい。できるか？」

「……あの、それは人のいるところ、ファミレスとかでいいんですよね？」

「もちろん。二人きりで会いたいと言われても拒否してくれ。まずざっくりとしたところを聞きたいとかなんとか言って」

「わかりました。そのあと、どこか移動しようって言われたら？　その、渋谷のマンションとか……」

「その前に俺たちが介入する。だから心配しなくていい」

「……はい。わかりました」

少し緊張して真己はうなずく。俊が、問題ねーよと言ってくれる。水流添も励ますように真己の肩を強く抱き、言った。

「じゃ、ブリーダーに連絡して」

「えっ、今ですか!?　もう十時近いですよ!?　人様の家に電話をかけるには遅すぎるんじゃ……」

「ブリーダーはただの人様じゃない。狙ってる餌から連絡がきたら、深夜三時だってワンコールで電話に出る」

「……」

真己はゴクリと喉を上下させた。何度も何度も言われているのに、どうしても糸川のことをふつうの女性として扱ってしまう。真己は一つ深呼吸をすると、ケータイを手に取った。

糸川は水流添の言ったように、本当にワンコールで通話に出た。

「あ、夜分遅くにすみません、久慈です。……はい、あの、準社員になれるかもしれないっていう、あのお話、まだ生きてますか？」

その調子、と俊が口の動きで言ってくれる。真己は励まされ、話を進めた。

「はい、金曜日ですね。七時に、表参道のバル・カルネ……、大丈夫です、地図見て行きます。履歴書は用意して行ったほうが……あ、はい、わかりました。それではよろしくお願いします」

水流添と俊が見守る前で糸川との電話を終え、ホッと真己が息をついた時、ケータイを操作した俊が言った。

「あった、バル・カルネ。まんま、肉バルだって。個室ありって書いてある。ブリーダーは当然個室を用意するよな？」

「あれだろう、半個室。わいわいガヤガヤがバルの持ち味なのに、高級焼き肉店みたいな完全個室だったら、バルに行く意味がない」

「てことは、通路を歩いてたら真己発見とかできるわけだな」

「俊はな。俺は堂々と乗り込む」

二人は世間話でもしているふうに落ち着いている。真己はいよいよ糸川と会うのだと思い、ぶるっとふるえてしまった。すぐに気づいた水流添が、大丈夫だ、と言ってくれる。

「俺も俊もすぐに合流するから、心配いらない。それまで真己ちゃんは旨い肉食ってるだけでいいんだ」

「はい……」

「本当に大丈夫だ。じゃ軽く打ち合わせしよう。簡単だ、問題はない」

水流添はにっこりと笑った。やけに大丈夫とか簡単だとか強調するし、グラビア写真のように素敵すぎる笑顔だが、それが却って真己の猜疑心《さいぎしん》を呼んだ。自分を怖がらせないためにそうしているのではないかと。もしかして糸川はただのブリーダーではないのではないか。

けれどそれを尋ねたところで、水流添は否定するだろう。真己を怖がらせないために。

本当におおざっぱな打ち合わせを終えた真己が小さなため息をつくと、水流添がまたしてもにっこりと笑って言った。

「心配ない。そんなに緊張することはないよ。風呂に入ってリラックスしておいで」

「……そうします。お先に」

ぎこちない笑みを返し、真己は風呂場に足を向けた。

真己がリビングから出て行くのを待って、俊がキッチンからアイスクリームを取ってきた。グリグリとスプーンを突っ込んで水流添に言う。

「真己のブリーダー。協力者がいるよな。ブリーダーに憑いてる蟲ってもしかして……」

「そのもしかしてだろうな。あいつはたぶん、女王蟲だ」

「あー」

俊が顔をしかめてため息をついた。

「それならカッター女がマンションから落ちたのもわかる。縄張り争いに負けてブリーダーを捨てるしかなかったんだな」

「そういうことだ。最初からおかしいと思っていたんだ。俺を横取りされると思って、真己ちゃんをカッターで襲うくらい、俺に執着してたんだ。そのブリーダーが、一介のＯＬの説得なんか聞いて俺を諦めるわけがない」

「それは俺も思った。蟲に人の理屈なんか通じねーし。俺は糸川がカッター女を説得したって話が嘘だと思ってた。真己に恩を売りたくてそう言ったんじゃねーかなって」

「説得じゃなく脅したんだな。出て行かないなら喰い殺すってさ」

「女王蟲ってマジでほかの蟲喰うの？　あんた見たことある？」

わずかに眉を寄せて聞く俊に、ああ、と水流添はうなずいた。

「一回だけな。今でも夢に見る」

「あー、詳しく話さなくていい。蟲を喰うってことは魂を喰う、要するにブリーダーの心臓を喰うってことだろ？　俺も大概《たいがい》のものは見てきてるけど、人の内臓の臭いだけは駄目。心臓喰うとか想像すると臭いまで思いだす、吐きそう」

「おまえ、どんな修羅場くぐってきてんの」

「聞かないほうがいい。あんたの悪夢が増えるよ」

「……まあ、話したくなったら聞く」

「もー、本当ゾエ好き。真己の代わりに俺のケツ使えよ、お預けで溜まってんだろ？」

「黙れ。それより蟲取りの話だ」

図星を指された水流添の眉間に皺が寄る。俊はひとしきり声を立てて笑うと、真顔になって言った。

「女王蟲ってことは子飼いの蟲がいるんだよな。さっきは真己に言わなかったけど、渋谷のマンション、細マッチョが結構出入りしてるらしい。ＡＶでも撮影してるんじゃないかって話だった。その細マッチョがたぶん、子飼いだよな」

「ああ。あとは派遣先の所長と、親会社の人事あたりにもいそうだな。たいていの奴はコネ入社を持ちかけられたら、本当に入社できるのか、お礼がてら人事権のある人物に会いたがるだろう。糸川がコネ入社を餌にしてるなら、上役を好きに使えないと困るからな」

「だとしたら何匹飼ってんだ、あの女王蟲。そんだけ子飼いを動かしてるってことは、餌も複数キープしてるはずだよな。あの渋谷のマンション、今も誰か監禁されてるってことか」

「いるだろうな。飼ってなにしてんだか、想像したくもねぇけど」

水流添が顔をしかめると、カップに残ったアイスを丁寧にスプーンですくい取りながら俊が言った。

「真己みてぇに可愛くて汚れてない男の子を性的に虐待するのが好きなのかもな。しかもゲイセックスで」

「男が犯されてるのを見ると興奮する女か」

「俺そういうバイトしてたことあるけど、ああいう女ってなんだろな。自分でペニバンつけて男を攻めるならわかるんだけど、自分は絶対男にさわらないいんだよ。見てるだけか、見ながらオナってる」

「人間てのはいろいろと闇が深いよな。性欲求の多様さに関しては底なしって気がするよ。蟲も、人に迷惑をかけない性癖の持ち主に寄生してもらいたいもんだ」

「けど、カッター女だって最初は誰にも迷惑かけてなかったじゃん。蟲に寄生されたらみんな狂うんだ。やっぱ蟲は見つけた端から捕獲しねぇと駄目だ」

「ふん？　俊にしてはまともなことを言う。真己ちゃんの善良さに影響されたか？」

「あるかもな。真己といると自分がまともな人間みたいに錯覚する。もーマジ真己大事っ。可愛いっ」

「いいことだ。大事な真己ちゃんのために、気合いを入れて蟲取りする。女王蟲だ、舐めてかかるなよ」

「わかってるよ。俺の可愛いが火を噴くぜ」

俊の言葉を聞いて、水流添は大笑いをした。

そのリビングを出た扉の陰で、真己は二人の会話を盗み聞きしていた。

（糸川さんに憑いている蟲が、女王蟲……）

敵対する蟲を喰い殺すような、凶悪な蟲。そんな蟲を捕獲するのは、考えなくても危険だ。水流添も、俊も。

（どうしよう……俺のために……）

指先が冷たくなった。どうにかしたいと思うものの、どうすればいいのかわからない。真己は一人、混乱した。

木曜日。いよいよ明日、糸川に会うという晩だった。

「……」

キッチンで翌朝の米を炊飯器にセットしながら、真己はギュッと唇を噛んだ。

(大丈夫だ、水流添さんも俊さんも途中で店に入ってくる計画だし)

二人が糸川を引きつけている間に、真己は水流添の車に避難する。ロックをして、水流添か俊が戻るまで絶対にドアを開けない。

(それだけだ、簡単、簡単、大丈夫)

自分に言い聞かせるが、それでも不安が消えない。糸川に寄生している蟲は女王蟲だと盗み聞きしてしまった自分を呪った。

(邪魔になる蟲なら喰い殺すって言ってたよな……)

つまりは邪魔な蟲が憑いている人の心臓を喰うのだ。女王蟲に寄生されているとはいえ、狂気の沙汰だ。そんな女王蟲が糸川にも寄生している。

(……本当に大丈夫なのか？　俺はともかく、水流添さんと俊さんは……)

待ち合わせは肉バルだ。水流添たちに邪魔されて怒った糸川が、ナイフで水流添たちを刺したりしないだろうか。心臓を一突きとか。

（やっぱり、俺がどこか遠くへ逃げたほうがいいんじゃないか……俺さえいなければ水流添さんも俊さんも、女王蟲なんて危険な蟲を捕らなくていいんだし……）

逃げたところで蟲は必ず真己を見つけ出すと水流添は言っていた。それでもいいと真己は思った。自分のせいで水流添や俊が、最悪命を落とすことになるくらいなら、一生糸川から逃げ回る生活のほうがマシだ。

「……真己？　炊飯器がどうかしたのか？」

「え……」

俊の声が聞こえて、真己はハッと顔を上げた。考え事に集中していて、蓋を開けた炊飯器の中を凝視していたようだ。真己はぎこちなく笑った。

「いえ、ちょっと考え事してて」

「明日のことか？」

「いえあの、今後のことをいろいろと……」

「ふぅん……」

俊は窺《うかが》うような目で真己を見つめる。誘導尋問に引っかかったらマズいと思い、慌てて真己は尋ねた。

「俊さんは、えーと、水？」

「いや、ビール」

「ビー…、あ、はい」

俊の見た目が高校生と言っても通用するくらい若いし、とにかく可愛いので、わかっていても一瞬未成年だと思ってしまい、ビールと言われるといつもドキリとする。俊しか飲まないレモン風味のドイツビールを急いで冷蔵庫から出して手渡した。

「真己、まだ寝ないの」

「炊飯器のタイマーかけたらもう寝ます。俊さんはまだゲームですか？」

「そー。あと二つレベル上げたら寝る」

「焼きおにぎり冷凍してあるので、お腹空いたらレンチンして食べてください」

「ありがとなー。もー真己、大好き。結婚してっ、俺の嫁になってっ」

「焼きおにぎりで結婚とか、俊さん、安すぎる」

真己はクスクスと笑うと、微笑を保ったまま言った。不安がつい、口からこぼれたといったほうが正しいかもしれない。

「俊さんと結婚したら、水流添さんは怒ると思います？　それとも平気で諦めてくれるのかな」

水流添は自分を好いてくれているとわかっている。けれど真己の幸せのためという理由で、決して体を要求してはこないのだ。だったら、真己が幸せになるのなら、俊のものになると言っても受け入れるつもりなのだろうか。誰にも絶対に渡したくないと思うほど、強く真己のことを愛してはいないのだろうか。それが、真己には不安なのだ。セックスを怖がっているのは真己だし、身勝手だとは思う。でも……。

（たとえ俊さんにでも渡す気はないって、思ってはくれないのかな……）

小さなため息をこぼしてしまうと、俊が眉を寄せて言った。

「……真己？　どうした？」

「いや、俊さんにプロポーズされたから」

「……俺と結婚しても、ゾエは怒らないし泣かないし、でも諦めもしねーよ。真己はまだ知らないかもしれないけど、ゾエは変態だからな」

「え、水流添さんて変態なんですか？　ど、どこが……？」

「そのうちわかるって」

俊はゲラゲラと笑いながら部屋に戻っていった。真己は一つため息をつくと、炊飯器をセットしてキッチンの明かりを落とした。

寝室……正確には水流添の寝室だが、そちらへ向かう。水流添はもう寝ているかもしれないので、起こさないようにドレッシングルームから入った。寝室とドレッシングルームの間にはドアがないので、ひょいと首を伸ばせばベッドが見える。リビングからドレッシングルームに入った真己は、寝室の明かりがついていることを知り、まだ水流添は起きているのだと思った。

（仕事してるのかな……）

邪魔しないようにそうっとドレッシングルームを進み、寝室を覗く。水流添はパジャマ姿で簡易なテーブルセットに着いて、ノートパソコンを操作していた。やっぱり仕事中だと思った真己は、水流添の背中を見て、広いなぁと思った。

(……そういえば俺、水流添さんの背中、ちゃんと見たことない)

思い返せば水流添は、真己に背中を向けたことがない。もちろん、なにかを取ったりどこかべつの場所へ移動する時はべつだが、一緒にいる時に背を向けて話したりしない。いつだって真己に正面を向けていた。真己のことは適当に扱わない、きちんと相手をする、いつも真己のことを見ている……それを行動で示してくれているようで、真己の胸がキュンとした。

(どうしよう……、好きだ)

真己の中にずかずか踏み込んでくるのではなく、真己の外側を包んで真己を知ろうとしてくれる。他人からグイグイ来られることも、他人へグイグイ突っ込んでいくことも苦手な真己には、ものすごく心地のいいアプローチの仕方だ。もう一度、水流添が好きだと思った真己は、あの広い背中を抱きしめたいという衝動に突き動かされた。

(女王蟲になんか水流添さんはあげない。水流添さんは俺の……大切な人だ)

そっと寝室スペースに踏み出し、水流添に近づいていく。気配を感じたのか、水流添が、真己ちゃん？　と言って椅子を回して振り返った。

「もう寝るのか？　電気消していいぞ。テーブルランプはつけさせてくれ」

「……、水流添さんはまだ仕事？」

「ああ、インドの工場にメールしているんだ。ちょっとトラブっちゃってね」

そういえばさっき事務所で俊がなにやら言っていた、と思いながら水流添のそばに寄った。少したためらってから、体を屈めて正面から水流添を抱きしめる。お、と言った水流添が、真己の腰に腕を回し、膝の上に座るように誘導した。素直に水流添の膝にまたがる格好で座った真己は、いっそうベッタリと水流添に抱きついた。水流添も真己を柔らかく抱きしめてくれる。

「さっき俊の馬鹿笑いが聞こえたけど、からかわれたのか？」

いきなりのスキンシップはどうしてだ、と聞いてこない水流添が好きだ。水流添の首にしっかりと腕を回して真己は答えた。

「いえ……。水流添さんは変態なんだって俊さんが言ったんです。どう変態なんですかって聞いたら、そのうちわかるって言って笑っただけです」

「あいつ、余計なことを……」

「ということは、本当に変態なんですか？」

「どうだろうな。仕事でいろいろと変態的なことをやっているから、変態と正常のボーダーはかなり低くなっていると思うが」

「そう……」

短く答えて、水流添の首元に顔をうずめた。大人向けの甘酸っぱいボディソープの香りの奥に、水流添のややスパイシーな体臭を嗅《か》ぎ取る。心がうずいた。真己が世界で一番好きな匂いだ。たまらなくなってうなじに軽く歯を立てると、驚いたのか、水流添がビクッと体を揺らした。

「真己ちゃん？　どうした？」

「……明日、糸川さんに会うの、やめませんか……」

囁き声で真己は言った。もしも明日、水流添が怪我でもしたらと思うと耐えられない。だが水流添は、真己が糸川と会うことに恐怖を感じているのだろうと誤解した。

「大丈夫だ。何度でも言う、大丈夫。俺と俊がいる。真己ちゃんには絶対に手出しさせない」

「そんなこと言ってるんじゃありません、俺が不安なのは水流添さんです……っ」

「え、俺？」

「ちゃんと無事に、怪我をしないでここへ帰ってこられるのか、それが不安なんですっ。俊さんだって……っ」

惨殺《ざんさつ》されるなんて考えたくないし、大怪我を負わされるのも耐えがたい。二人は真己を守るために、危険な女王蟲を捕りに行くのだ。二人になにかあったら自分のせいだ。怖くてギュッと水流添にすがりつくと、ポンポンと背中を叩きながら優しく水流添は言った。

「真己ちゃん、心配してくれてありがとう。だが大丈夫だ、俺も俊も蟲取りのプロだ」

「言葉だけじゃ信用できません、絶対に無事に帰ってくるって保証が欲しいっ」

「保証って、どうすればいい？　どうすれば真己ちゃんは安心できる？」

「……抱いてください」

いっそう水流添にすがりついて真己は言う。水流添は変わらず柔らかく真己を抱きしめながら、小さくため息をついて言った。

「真己ちゃん。俺はそういう下衆な男じゃ、…」

「そうじゃないっ」

馬鹿にされた気がして、思いがけず鋭い口調になった。ごめん、という水流添の囁きを聞いて、真己は続けた。

「水流添さんは大事なものは誰にもあげないと言いました、俺もそうです、俺だって大事なものは頼まれても誰にもあげない、俺だけのものですっ」

「……真己ちゃん……真己……」

「だから、水流添さんをください。俺のものになってください。そうしたら、怪我したら許さないって、言えるから」

「……」

水流添が黙って真己をきつく抱きしめる。真己もギュッとすがりついた。水流添が逡巡《しゅんじゅん》しているることがわかる。真己がもう一度、抱いてくださいと言おうとした時、耳朶《じだ》を食《は》むようにして水流添が囁いた。

「真己、ベッドへ」

「……はい……」

真己は泣きそうになって、それを知られたくなくて小声で答えた。水流添は真己のものになってくれるのだ。真己に、怪我をしたら許さないと言うことを、許してくれるのだ。

水流添が主照明を消し、間接照明を、ほんのりと明るい、という程度に落としてくれる。真己は、これからセックスをするのだから脱がなくては、と思い、寝間着も下着も脱ぎ、けれどどうすればいいのかわからなくて、ベッドに上がってガーゼケットにくるまった。ベッドに近づいてきた水流添が、あれま、と苦笑する。

「脱がせたかったんだが」

「あ……、すみません、お手を煩《わずら》わせるのも申し訳ないと思って……」

まるで上司に言うような科白《せりふ》で、水流添は笑いそうになってぐっとこらえた。真面目な上に緊張もしていてこうなったのだろうと思い、いや、真己らしい、となんとか返した。

真己は、これまでずっと真己ちゃんと呼ばれていたのに、真己、と呼び捨てで呼ばれ、二人の間にあった見えない壁が取り除かれたようで、単純に嬉しくなった。水流添がパジャマの上を脱ぐとゆっくりとベッドに上がってくる。ケットの中にするりと入ってくると、なんとも自然に真己にのしかかった。バッとケットをはぎ取るような野蛮《やばん》なこともしないし、逃がさないというような威圧感も感じさせず、体の上に乗ってくるのだ。真己はホッとしたが、しかしこれが大人の余裕なのか、それとも恋愛詐欺師としてのテクニックなのか判断がつかなくて、少しばかり心がもやもやした。

真己の足の間に体を割り込ませた水流添が、自分の足を使って、まったく躊躇《ちゅうちょ》なく、ガバッという感じに真己の足を大きく開いた。

「あ……っ」

女子かよ、と思うような可愛い声を立ててしまい、真己は大赤面して両手で口を押さえた。ケットがかかっているから丸見えになったわけではないが、人前でこんなに股を広げたことなどないし、パジャマ越しとはいえ水流添のあれと自分のあそこが密着している。男同士だし、裸を見たり見られたりなど、べつに恥ずかしくないと思っていたが、とんでもなかった。これからやるぞ、という体勢を取らされると、猛烈な羞恥を覚える。

しかし恥ずかしいからいやだというわけでもない。水流添が顔を近づけて囁いた。

「手をどけて。キスをしよう」

「……ん……」

喉がくっついてしまったように声が出なくて、たった一語をなんとか言った。口から手を離したが、その持って行き場に困惑していると、微笑した水流添が、俺の首に腕を回して、と誘導してくれる。そうか、と思って言われたとおりに水流添の首に腕を回すと、優しい口づけを受けた。毎晩しているように、優しく唇を吸って、真己の緊張が解けたところでするりと舌を差しこんでくる。いつものようにゆっくりと口の中を愛撫《あいぶ》されると、心地よくて背骨が溶けてしまったように体から力が抜ける。けれどいつもと違ったのは、キスをしながら水流添の手が真己の素肌を撫でたことだ。するりと脇から胸へ手のひらがすべり、さほど筋肉のついていない胸を、揉むと撫でるの中間の手つきで愛撫する。マッサージでもされているる感じで、これはリラックスさせてくれているのかなと、のぼせ始めた頭で考えていたら、キュッと乳首をつままれた。

「……っ」

驚いて目を開けたら、水流添も目を開けていた。至近距離でよくわからないが、心なしかその目が笑っている気がする。キスをしながらも乳首をつまんだり撚《よ》るようにしたり、指の腹でクニクニ回したりする。べつに感じないが、ふだん意識もしていないところを愛撫の対象とされていることに恥ずかしさを覚えた。そして恥ずかしいことをされている、と理解したとたん、水流添のものが押しつけられているそこが、ズクンと感じた。

「ん……」

無意識に防御の姿勢を取ろうとして膝を曲げ、そのまま足を閉じようとしたので、結果として水流添の胴を足で挟んでしまい、離さないと言っているような行動になってしまった。水流添はまるでそれを図っていたように、密着しているあそこをグイと突き上げるようにしてくる。ギュンと感じて、真己のそこははっきりと形を変えた。

チュ、と濡れた音を立てて唇を離した水流添が、微笑を浮かべて言った。

「感じたか」

「だっ…て、水流添さんが、その、腰を……」

「ちょっとセックスしてるみたいだったろう」

「……っ」

「恥ずかしい？」

「と、当然です……」

「いいことだ。羞恥は快感を増すからな」

水流添はニヤリと、今まで真己に見せたことのない、質の悪そうな笑みを浮かべた。ドキリとした真己の頭に、ゾエは変態だという俊の言葉がよぎる。なにをされるのだろうと緊張すると、水流添が喉で笑った。

「怖がるな。ひどいことなんかしないよ」

「……そ、そう……」

「まあ、気持ちよすぎて泣くってことはあるかもしれないが、それはそれで楽しいだろう？」

「わ、わかりません……っ」

正直わからないのでそう言った。水流添はほほ笑んでうなずき、任せておけと言った。

「それじゃちょっと気持ちよくなろうか」

水流添が右手をケットの中に入れたと思うや、半端な反応を示している真己のそこをキュッと握った。ビクッとした真己は、なんだか気をつけの姿勢のように体を伸ばしてしまった。思わずといったふうにプッと笑った水流添が、なんとも絶妙な指使いで真己を愛撫する。真己のそこはたちまち硬くなった。

「うわ、あ、あ……っ」

「ここ、ちょっとこすっただけでこうか。反応いいな。楽しい」

「た、楽しい、て……っ、あ、あ、いっ」

「カリ、気持ちいいよな。いつもここをこすっていってるのか？　こうやって、指を輪っかにしてここだけこすってる?」

「ひ、ひっ、あ、あ、あっ」

「おっとドクドクしすぎだ、いきなりいきそうだな。これだと刺激が強すぎる……なら、手のひらで握って、尿道口の裏も一緒にこすってるのか」

「はあ、あ……あ……」

「うん、こっちだな」

真己の反応で、いつもどうやって自慰をしているのか把握した水流添は、真己が馴れ親しんだように手を動かして快感に集中させた。けれど与える刺激はぬるくして、真己の体にじっくりと快楽を溜め込んでいく。真己は体の中からとろ火で炙《あぶ》られているように全身を熱くし、物足りない刺激に身もだえた。

「あ、あ、つ、るぞえ、さん、んん、んー……っ」

「可愛いな……。根元がキューッて熱くなったら教えて」

「はあ、ああ……」

水流添の手は相変わらずトロトロと真己をぬるく嬲《なぶ》る。それでも着実に快感は溜まり、水流添の言ったように、あそこの付け根がじわりと熱くなった。もう少しでいける。真己が期待で、ああ、と泣くと、喉で笑った水流添が手を止めた。

「熱くなったら言えと言っただろう」

「やだ、やめない、で……」

「まだ始めたばかりだ。出したらエロい気分が消えてしまうだろう。真己は俺を自分のものにしたいんじゃないのか」

「したい……水流添さんを、俺のものにしたいです……」

「それならまだ我慢だ」

「ん……」

上気した顔で小さくうなずく。水流添は苦笑して、本当に可愛いな、と呟いた。真己に軽いキスをした水流添が、するりとベッドを下りる。どうしたんだろう、と不安になりながら水流添を目で追った真己は、水流添がナイトテーブルから派手な色合いのボトルを取りだしたのを見て顔を赤くした。水流添はそれを片手にベッドに戻ってくると、とっさに視線を逸《そ》らした真己をニヤニヤと笑った。

「真己、こっち。抱っこ」

「わ……っ」

ヘッドボードに寄りかかった水流添が、真己を引きずり上げて背中から抱いた。さらに膝裏に腕を差しこむと、真己の足を大きく開いた。

「つ、水流添さん……っ」

「この程度でそんな泣きそうな声出してたら、俺を真己のものにできないよ。それともやめるか？」

「……っ、やめない……」

「よし。……それにしても真己の勃起したペニス、作り物みたいに綺麗な形だなぁ。ヌルヌルに濡れてるし、熟れすぎた桃みたいだ」

「……っ」

「あとで味見させてもらう。さてと」

「え……、え？」

味見ってなんだ、まさか、とうろたえる真己の目の前で、水流添が派手なボトルのキャップを開け、手のひらにジェルを出した。

「これ、なんだかわかるよな？」

「……ロ、ローション……」

「正確にはジェルだけどな。お尻専用だから、腹が緩くなる心配はない、安心していい」

「は、はい……」

潤滑剤の現物を見るなど初めての真己だから、お尻専用というものがあることに驚愕した。水流添は真己の孔に大量のジェルをべちゃりと塗りつけた。

「あ、わ……っ」

「リラックス、リラックス」

おまじないのように言った水流添が、指先で孔をそろりと撫でる。真己は、ひゃあ、と情けない声を上げてしまったが、水流添は笑わずに、大丈夫だから、と言った。

「誰だってここさわられたら感じる。恥ずかしくない、声出せ。我慢するとこっちも締まって、ほぐせないから」

「は、あっあっ」

はい、と言おうとしたが、孔を撫でられる刺激で変な嬌声《きょうせい》しか出てこない。あんまり感じて無意識に膝を閉じようとしたが、水流添の腕が邪魔をしているし、左足は膝裏を抱えられていて、股を広げた体勢のまま固定されている。執拗に孔を撫で回され押し揉まれ、声を上げながら水流添の腕の中でもだえることしかできない。可愛い、と耳朶に囁かれ、同時に指を挿入された。

「うわ、あっ」

「痛くない、大丈夫だ」

「あ、う、動かさないでくださ……っ」

「ムズムズするんだろう？　それが快感に変わる」

「う、う……っ」

痛くはないしそう不快でもないが、他人に背筋を撫で下ろされる時のような、ちょっとやめろというような刺激で、我慢ができない。真己は思わず水流添の腕を掴んだ。

「だ、駄目、駄目、やめてくださ……っ、ああ、やだ……っ」

腕を掴んでも水流添は器用に指を出し入れする。いやです、と情けない声で訴えた時だ。

「真己、ホットミルク……、お、いいところへ来た」

ノックもしないで俊が入ってきたのだ。ビクッとした真己が体に力を入れてしまい、水流添の指をギュウウと締めつけてしまう。

「しゅ、俊さん……っ、つ、水流添さんっ、やめて……っ」

恥ずかしいところを余すところなく俊に見せつけているような体勢だ。真己が羞恥で燃えるほど全身を熱くすると、俊が舌なめずりでもしそうな表情で近づいてきた。

「さっき真己の様子が変だったから、ホットミルク持ってきたんだけど。緊張してただけか」

ナイトテーブルにカップを置いた俊が、薄明かりを反射してテラテラと光る真己の孔を見つめて言った。

「まだ一本か。どんな感じだよ」

「初めてだから仕方ないんだが、怖がっててさ。逃げようとする」

「対面で抱っこしてやりゃあよかったんだ。それともオープンな体勢にさせたかったのか？」

「そう。恥ずかしがって可愛い」

「真己、そっちが感じるのか。うーわ、真己のチンポ、旨そっ。極上だなっ」

「可愛がってもらうために作られた色、艶、形だよな」

「真己、ケツで感じるように手伝ってやる」

なにする気、と真己が固まっていると、ベッドに上がってきた俊が真己の前にあぐらをかき、真己のそれを握ったのだ。

「…っ、俊さん……っ」

「ほら、気持ちいいだろ？　よがってなよ」

ゆるゆると真己をこする。あ、あ、という短い声とともに真己の体が跳ねる。水流添は俊を止めもしないで、再び指を動かし、孔を攻めた。前への刺激が加わると、後ろをいじられている変な感覚にも感じてしまう。

「ああ、いや、やだ……っ」

「カワイーッ。燃えるな、ゾエっ」

「いかせるなよ」

「わかってるって。あんたがいくのに合わせていかせるよ」

「ああ？　真己の初いきは俺がさせるもんだろうが」

「ゾエはバージンもらうんだからいいだろ。今日は俺、またがるの我慢するし」

「しょうがねぇな」

水流添はその一言で、俊の参加を許してしまった。なんでこんなことに、と思う余裕がすでに真己にはない。前と後ろと同時に攻められて、しかも一気に昇り詰めるような快感ではなく、もっと、もっとして、と口走りたくなるほどもどかしい快楽しか与えられない。

「俊さん、やめて……水流添さ、もうやだ、いやだ……」

あえぎながら繰り返し訴えていたら、ふいに俊の指が孔の上の狭い場所をグッと押した。

「あぁぁ……」

自分の声とも思えない甘えた声がこぼれた。湯でも注がれたように下腹が熱くなり、グズッと腰が崩れたかと思うほどの濃厚な快楽に襲われた。体の力が一気に抜けて、それを図っていた水流添が、今度は二本、指を入れてきた。

「や、だぁ、水流添さ……」

「エロ可愛いなぁ～っ」

俊がハハハと笑い、言う。

「初めてのうちは二本が一番きついんだよな。ほら、こっちに集中してろ」

「……っ、やだ、駄目、やめてくださいぃ……っ」

俊が指の腹で、トロトロと蜜をこぼす尿道口をひどく優しく撫でこする。そんなところ、自分でいじったこともない。快感というには強烈すぎる感覚で、真己は半泣きになった。その間にも水流添が丁寧に孔をほぐし、拡げていく。真己が、もうやめてください、と言うと、俊が一番感じるところをいたずらするようにカリッと爪で掻くので、不快な感覚が快感に取って代わり、二人からなにをされても体は快楽ととらえるようになってしまった。頭の中が真っ赤に染まって、射精したいということだけでいっぱいになってしまう。

「は、あ、いや、も……いきた、いきたい、いい、いい、ああ……い、いきたい……」

「ひー、可愛い。あの真面目な真己がいきたいって言うかっ。気持ちよすぎてぶっ飛んでんな。もー、可愛すぎてたまんねぇっ」

快楽で朦朧《もうろう》とする真己を見て、俊が嬉しそうに笑い、水流添に言った。

「ゾエ、真己もう保たねぇぞ。チンポビクビクしっぱなしだし、精液漏らしちゃってる。孔の具合どうよ」

「もういいだろう。四本入ってる」

「よし、じゃあこのまま俺が真己を抱いて支えるから、ゾエ、後ろからやれよ」

「ふざけんな馬鹿、バックからしたら真己のいき顔が見られねぇだろうが」

「俺が見るから構わねぇよ」

「出て行け」

「わかったよ。じゃ俺が真己の背もたれになる。ゾエ、場所替われ」

「指抜くから待て」

二人の会話など聞こえているが理解できない真己だったが、水流添に指を抜かれると、体の一部にぽっかりと穴が空いてしまったような、奇妙な喪失感に襲われて、甘えているような泣き声をこぼしてしまった。

「ああ、やあ、ん……」

可愛い、カワイイなーっ、と水流添と俊が口々に言いながら場所を交代する。水流添がついでにパジャマのズボンと下着を脱ぎ捨てると、真己の背後に回った俊が、よしよしと真己をなだめた。

「緩んでて漏らしそうな感じがするんだよな、大丈夫、すぐにゾエがでかいので埋めてくれるからな」

「おまえのなだめ方は下品だが説得力があるな」

「そりゃ男にやられまくってきたからな。ほらゾエ、真己が可哀相だろ、早く入れろよ」

「足抱えててくれ」

俊が真己の膝裏を腕にすくって開く。水流添が時間をかけて十分にほぐした孔が、いじらしくひくついている様子がよく見えた。水流添は自分のものを二、三度扱《しご》くと、真己の孔に押し当てて、ゆっくりと腰を進めた。

「ああ、やぁ……あ、あ……」

水流添の大きなものが、ほとんど抵抗なく呑みこまれていく。水流添が真己の腰をあぐらの上に抱き乗せ、俊が背後から上半身を抱く。水流添がずっぷり入っている孔も、俊に限界までいじられてトロトロに濡れているそこも、二人から丸見えだ。正気だったら恥ずかしくて死んでしまいそうな状態だが、真己は根元まで受け入れた水流添が苦しくて、やだ、と泣いた。

「苦、し……やだ、抜いて……」

「中が馴れるまで我慢な」

「やだ、抜いて、抜いて……」

「真己、俺が欲しいって言っていただろう」

「やだ、いや……、いや、抜いて……」

「真己、俺を見ろ。真己」

「いや、いやだ……」

子供のように首を振りながらいやだと言う真己を見て、水流添は顔をしかめた。なんだよ、と訝《いぶか》しむ俊に、水流添はため息をこぼして答えた。

「萎《な》えそうだ」

「は!? あんたが萎える!? 脂ギッシュな巨デブオヤジでも抱けるあんたが!?」

俊はゲラゲラ笑ったが、水流添は真面目だ。

「仕事ならクリーチャーだって抱くさ。だてに大金巻き上げてねぇからな」

「じゃあなんで萎えそうなんだよ。真己、めちゃくちゃカワイーじゃん」

「レイプしてる気分になる。こんなヤダヤダ言われて……」

「……ゾエってそんな繊細だっけ?」

「惚れてる相手にヤダヤダ言われたら、俺だって萎えそうになるんだよ」

水流添は切なそうにため息をこぼすと、俊の腕から真己を抱き寄せた。ほとんどべそをかいている真己にキスをする。この一ヶ月、毎晩交わしている濃厚なキスだ。快感でいっぱいになっていた体に水流添を受け入れて、混乱の極みを迎えていた真己だが、体は水流添とのキスを覚えている。優しく舌を絡められ、吸われているうちに、少しずつ気持ちが落ち着いてくる。唇が離れたのと同時に、ヒックと小さくしゃくり上げると、水流添の困ったような笑みに気づいた。

「水流添さん……」

「真己、手を貸して」

水流添が真己の手をつながっている部分に導く。それがどこでどうなっているのか、頭で理解した真己がビクッと手を引こうとする。その手を掴みとどめて水流添は言った。

「真己の中に俺が入っている。わかるな？」

「……うん……」

「真己は俺をものにした。もう俺は真己のものだ。だから真己の思うままにする。……どうしたい、真己。抜くか？」

「……」

真己は自分からつながっているところにそろりとふれた。信じがたいほどそこは拡がって、水流添の太いものを呑みこんでいる。本当に水流添を食らっているようだ。

「水流添さん……俺の男……？」

「ああ。真己だけの男だ」

「……じゃあ……ちゃんと、してください。最後まで……」

「抜かなくていいのか？」

「このまま、続けてください……。ちゃんと俺の中に出してください、俺で気持ちよくなったって、俺がいいって、言ってほし、あ、うわっ」

真己の中で水流添が体積を増したのだ。水流添が微苦笑をして言う。

「萎えかけてたものが元気を取り戻しまして。真己が可愛すぎて暴発しそうだ」

「あ、駄目、ちゃんとして、…」

「ちゃんとする」

言葉と同時に水流添がゆさりと腰を揺すった。ふいに奥を突かれて真己は呼吸を止めた。予想以上に苦しい。けれどもう、抜いてだのやめてだの言いたくない。これは真己が望んだことだ。水流添をしっかりと自分のものにするために。

そんなことを思っていると、後ろからやんわりと俊が抱きしめてきた。

「俺がサポートするから、真己は気持ちよくなってな」

「しゅ、俊さん、べつに、サポートは、あ、あっ」

水流添が器用に腰を突き上げてくる。苦しい、と思ったところで、俊が真己のそこをゆるゆると刺激した。

「あ、俊さん、駄目……っ」

「ゾエと一緒にいかせてやるから」

「ちが、違う、いきそう……っ」

「いかせねぇって。ゾエはその体勢でいけんのか？　ピストンできねぇだろ？」

「いけると思う。感じると中までキュウッて締めてくる。男殺しの体だな」

「ただしテクのある男に限るってやつか」

ふふっと笑った俊が、水流添の動きに合わせて真己に快感を与える。真己は中を突かれる苦しさと同時に快楽も得て、鎮まっていた体の熱をたちまち燃え上がらせた。水流添も俊も同じ男という以上に男の体を知り尽くしていて、しかも俊は抱かれている時にどうされると感じるかを熟知している。手練れの二人に体中を可愛がられて、真己は身も世もなくよがっ

た。

「もう駄目、もう駄目っ、いきたい、いきたいぃっ」

「あー、すげぇいい、締まる、信じられねえな……」

水流添がうめくように言い、俊に言った。

「出すぞ。ちゃんと真己をいかせろよ」

「二こすりもかかんねぇよ。ほら出せよ、真己泣いてんじゃん」

「悦《よ》すぎて泣かせるとは言ってある……、ああ、くそっ、……っ」

小さく舌打ちした水流添が強く真己を突き上げ、真己の中を熱いもので濡らした。放出に合わせて二度、三度と真己を突き、俊が同時に真己の一番感じるところを恐ろしく巧みに刺激する。下腹がとろけたように熱くなり、無意識に腰を揺すって真己は達した。

「んん……っ」

いつもしていた自慰とは比べものにならないくらい、寒気がするほどの快感に呑みこまれた。体を丸めようとしたが、俊にがっしりと抱きしめられていてできない。俊は搾り取るようにいったばかりの真己のそこを扱く。あまりにも悦くて、真己は悲鳴をあげた。

「ひ、ひっ、あああっ、やめてやめてっ、やめてぇっ」

「ゾエ、潮噴かせてもいい？」

「駄目に決まってんだろ。初めてのエッチだぞ。やめろ」

「中いきできるようになったらやろうぜ」

「失神するんじゃないか？　門渡《とわた》りでえらい感じていたし。……俊、ゆっくり真己を持ち上げろ。抜くから」

「おー」

真己の胸の前で手を組んだ俊が、真己を抱いてゆっくりと引き上げた。あまりにも激しい絶頂で、真己は朦朧としている。水流添がずるりと後ろから抜くと、その刺激だけで体をふるわせた。二人がかりで丁寧にベッドに寝かされた真己は、水流添からキスをもらい、俊には汗で濡れた髪を手で梳いてもらった。疲労と心地よさで、真己のまぶたは自然と下りる。

「体を洗ってやりたいが、このまま寝落ちしそうだな」

水流添がなんとも優しい目で真己を見つめて言う。俊もニマニマしながらうなずいた。

「諭吉五枚分くらい気合い入れて可愛がったからな、ＨＰ０になったんだろ。初エッチでゾエのでけぇのケツに入れんなら、お姫様プレイしねぇと無理だし」

「サポートありがとな。しかし半端じゃなく可愛かったな。俺、初めてセックスで幸福感を覚えたぞ」

「そりゃ恋人だからだろ？　ブリーダーはあんたにとったらオナホだし、俺にとったらバイブじゃねぇか」

「身も蓋もないが、まあそうだな」

水流添がうなずくと、俊が勢い込んで言った。

「今度は俺と真己の初夜なっ」

「ああ？　なんでそうなるんだよ？　真己は俺のものだぞ」

「恋人ってことだろ？　それでいいよ。ゾエは真己の男だから、真己のケツはゾエのもの。真己は俺の嫁だから、真己のチンポは俺のものじゃん」

「おまえ、真己とならやれそうなのか？　じゃあ俺はお役御免てことでいいな？」

「それとこれはべつだろ？　真己は嫁なんだよ、可愛がることで癒やされる。あれだよ、鑑定書のついた動物」

「血統書だろ？　で俺はおまえが楽しむための高機能バイブか？」

「そーそー。そんで俺とゾエで真己のことはマジ大事にする。オールオッケーだろ？」

「ああ、問題ない」

水流添は納得したようにうなずいた。幸い真己は気絶するように眠っていたからいいが、もしも二人の会話を聞いていたら、倫理観の欠如した二人にパニックを起こしたことだろう。

「俊、蒸しタオルで真己の体を拭いてやれ。俺は中を洗浄する」

「おー。てかマジで真己寝てるし。やり倒されたって寝顔、たまんねーな」

俊はクスクスと笑いながら真己の頬にキスをしてベッドを下りた。


翌日。いよいよ糸川と会う日だ。

午後六時半。帰宅する人、遊びに出る人で混雑している青山一丁目駅を、大江戸《おおえど》線から銀座線のホームへ向かって、延々とエスカレーターで昇りながら、真己は内心、恥ずかしさで悶絶《もんぜつ》していた。

（目が覚めたら真っ裸だし、それだけで俺、死にそうになった……っ）

朝のことを思いだして赤面した。

パジャマ、せめて下着、と思ったが、どちらも見当たらない。仕方なくケットをかぶって、と思ったところで、昨夜はたしかにガーゼケットだったものが綿ケットに替わっていることに、さらには白のシーツが濃紺のシーツに替わっていることに気づいて、本当に死んでしまいたいと思うくらい羞恥した。

（しかも取り替えたことに全然気づかないくらい、俺、爆睡してたしっ）

二人がかりで快楽という快楽を与えられ、ケットもシーツも汚した挙げ句、前後不覚になって寝落ちしたということだ。顔を赤くしてナイトテーブルの時計を見たら、八時だった。二人とも出勤してるとホッとして、ケットをかぶって寝室を出たが。

「お、目が覚めたか」

リビングでタブレットを操作していた水流添がそう言った。なんで家にいるんだよ、と固まってしまった真己を、水流添は平静な表情で肩に担いでやすやすと風呂場に運んだ。

「蒸しタオルで体は拭いたんだが、髪とか洗いたいだろう？　手伝いがいるか？」

「だ、だいっ、大丈夫ですっ」

「よし。上がったらダイニングにおいで。……ところで歩けるか？　ケツのあたりが痛いとか、……」

「歩けます歩けますっ、どこもなんともないですからっ」

真己が全身を赤くして言うと、水流添は満足そうに笑んで風呂場を出て行った。なんで笑うんだよと頭をぐるぐるさせながら体を洗った真己は、恐る恐る昨夜水流添を受け入れた場所にふれてみて、少しも異状のないことにホッとすると同時に、水流添のあの大きなものを挿入されてもなんともないということは、よっぽど水流添が手間暇かけて丁寧に抱いてくれたんだと思い、心がほわんと温かくなった。

「そうだよな、ふつうに考えて、あれを入れたらまず、き、切れるか裂けるかするだろうしな……」

それに、あれよあれよという間に3Pになってしまったが、俊の超絶テクで全身トロトロにされたおかげか、水流添のものであそこを開きっぱなしにされているという、泣きたくなるような焦燥《しょうそう》感も、胃を圧迫される不快感も忘れられたし、最後にはなにをされても気持ちよくなっていた。

「初体験が3Pって……それで感じまくって疲れて寝落ちって、俺、実はすごいセックス好きなのか？　淡泊《たんぱく》だと思ってたんだけどな……」

真己は自分の中の未知の扉が開いた気がして、ちょっとゾッとした。風呂を出て水流添が出しておいてくれたバスローブを身につけてダイニングに行くと、俊が最中のアイスにかじりついていた。

「真己おはよ。それ朝飯」

「あ、おはようございます。……えっ、俊さんが作ってくれたんですか!?」

テーブルの上に、パックから出したハムと、レンチンして爆発したとおぼしき目玉焼き、ぶつ切りにしたキュウリとざく切りにしたトマトのサラダ、蓋を開けたカップ味噌汁が並べてあったのだ。うわあ、と感激する真己に、ごはんと味噌汁用の湯を運んできた俊が言った。

「真己、歩けないんじゃないかと思ってさ。ゾエのでけぇのずっとくわえ込んでたし」

「……っ」

「ピストンしなかったからよかったのかもな。今度は全然違う気持ちいいことしてやるから、楽しみにしてな」

「ま、また俊さんも!?」

真己は目を丸くした。ふだんの言動からは想像がつかないが、細やかな気遣いを見せてくれる俊のことは好きだ。もちろん水流添に寄せる恋愛感情とはべつの好意だが、俊になにかあったら取り乱すくらいには心を寄せている。友達以上家族未満、というのが一番近い感情だろうか。それを多分俊は、嫁、と言い表しているのだと思う。その俊がニヤリと笑って言った。

「当たり前じゃん、真己は俺の嫁だし。俺と二人だけで始めたって、どうせゾエが途中から合流するよ」

「えっ!?」

「それより真己のかーちゃんの名前はなんつーの？」

「え、あ、宏美《ひろみ》です、けど？」

「旧姓は？」

「園田《そのだ》です」

「了解。ゾエーッ、あんた今日、なんて名前ーっ!?」

俊が聞くと、リビングから、真己の卒論の先生、と答えがあった。俊が首を傾げて真己を見る。真己は答えた。

「担当教授は菊田《きくた》順一《じゅんいち》先生でしたけど……」

答えた真己に俊がうなずいた。

「ブリーダーと会った時な。俺は園田宏美、ゾエは菊田順一ってことにするから。かーちゃんと先生の名前なら忘れねぇだろ？」

「あ、は、はいっ」

真己はビクッとして、それから慌ててうなずいた。今日は夕方から糸川に会うのだ。女王蟲に。セックスがどうの3Pがどうのなんて恥ずかしがっている場合ではない。真己が緊張した表情を見せると、俊がニヤリと笑った。

「問題ないって。打ち合わせどおりにすりゃいいんだから」

「……はい」

「俺とゾエは仕事出るけど、真己はちゃんと時間になったら待ち合わせの店に行けよ？　それまでここから出るな」

俊が言ったところで水流添がダイニングに来て言った。

「そう、俊の言うとおり、念のために時間まで真己はここから出ないように。地図見て」

水流添がタブレットを真己に見せる。

「ここがブリーダーと会う肉バル。真己はこの地下鉄の出口から肉バルに行く。俺と俊が合流して真己を店外に出す。店から出たらここ、このパーキングへ行け。車のキィは店で渡す。いいな？」

「はい。それで俺は、水流添さんたちが戻ってくるまで車にいて、絶対に外に出ない。ですよね？」

「そうだ。簡単だろう？　なにも問題はない」

水流添がいつかのように無駄に爽やかな笑顔を見せる。けれど真己はもうわかっている。水流添のこれは、真己を不安にさせないための演技だと。真己は水流添を真っ直ぐに見つめて言った。

「俺も念のために言っておきます。水流添さんは俺のものなので、勝手に怪我をしたら駄目です。無傷とは言いませんけど、骨折とか大出血したらアウトです。ものすごく俺は怒りますから」

「わかってる。ありがとな」

「それから俊さん」

「あ？　俺も？」

俊が目を丸くして真己を見る。真己は真面目な表情でうなずいた。

「当然です。俺は俊さんの嫁なんでしょう？　俊さんがそう言ったんですよ？」

「そ、そう、真己は俺の嫁」

「ということなので、俊さんが無事に帰ってこなかったら、鬼嫁乱心という事態になります。嫁が大事なら無事に帰ってきてください」

「心配すんなって。ちょろっと蟲取りに行くだけだ」

「……はい」

信用してますからねという気持ちを込めて、真己はゆっくりとうなずいた。

そうして二人は新橋の事務所に出勤し、真己は言われたとおりに時間までマンションで過ごし、糸川との約束の七時に間に合うように出かけたのだった。

「ええっと、花屋の横の路地に入って……、カフェの横を曲がって……ああ、あそこだ」

表参道から細い道をずいぶんと奥へ入ったところに目的の肉バルはあった。時計を見ると約束の十五分前だ。真己は深呼吸し、肉バルから水流添が車を停めているパーキングまでの道を頭の中で確認して、店に入った。

外から見た感じはアイルランドあたりのパブのようだが、中は明るく、ステーキショップと洋風居酒屋の中間、という感じだった。案内係の店員に糸川の名前を出すと、すぐに店の奥の半個室に案内された。

「あ、糸川さん。今日はわざわざすみません」

糸川はすでにテーブルに着いていて、オレンジジュースを飲んでいた。真己を見ると、にっこりと綺麗な笑顔を見せてくれる。

「久しぶりになっちゃったね、久慈くん。元気にしていた？」

「はい、ぼちぼち」

「あ、座って座って。コース頼んじゃったんだけどよかったかな？」

「えっ、あの、すみません、コースっておいくら……」

「わたしがおごるって。ワインも好きなの飲んで」

「いやあの、仕事のお話を聞きに来たので、ソフトドリンクにします」

「そう？　まあ話がすんだらゆっくり飲めばいいものね」

糸川はにっこりと笑った。真己はアルコールは飲めるが、アルコールの臭いそのものが嫌いなので、自分から進んで飲むことはしない。それに仕方がなかったとはいえ俊に薬を盛られたことがあるので、糸川が真己を酔わせたあと、なにかワインに入れるかもしれないと思うと、怖くて飲めないということもある。真己の注文したジンジャーエールが運ばれてくると、コネによる再就職について話を聞いた。

「そういったわけだから、うちの社に準社員として入れることは確実なのよ。また日を改めて所長と会ってくれてもいいし」

「はい、ありがとうございます。それで、その……給料とかはどういう……」

「準社員は時給制なの。派遣の時よりちょっと少ないかな。その代わり交通費は出るし、社会保険にも入れるわよ」

「た、待遇がいいですね……っ」

「ボーナスも出るからね。二ヶ月分」

「おお……」

真己は本当に準社員として働く気分になって目を輝かせた。その間に料理が運ばれてくる。食べてと糸川に勧められるまま口に運んだ。さすが肉バルだけあって、熟成肉の盛り合わせも赤ワインの煮込みも分厚く切ったローストも、どれも本当に頬が落ちるほどおいしい。幸せ、と顔全部で言っているような真己を見て、糸川はにっこりと笑い、続けた。

「それで、と。準社員からは大体五年で正社員になれるけど、久慈くんが希望するならその前に親会社に上げてあげる。そっちは無期の契約社員として入ることになるけど、二、三年で正社員にしてあげられるから」

「は、はい……っ」

「あと……、久慈くん、今はお友達のお家に居候しているんだっけ？」

来た、と思い、真己は緊張を隠してうなずいた。

「そうなんです。前の部屋はカッター女のせいで怖くて住めなくて引き払ったので。大学時代の友達の部屋に泊めてもらっています」

「よければ社員寮に入れるようにしてあげるけど？　うちは寮はないけど、親会社にはあるからね」

「本当ですか？　だったらすごく助かります。あのえーと、その、お金の話ばかりで申し訳ないんですけど、家賃は……」

「お金の話は大事よ。寮費は朝食付きで三万円。その代わり光熱費は自分で払うんだけどね。あ、あとお昼と夕食も自分でなんとかしてね」

「それでも安いですねっ」

これが蟲取りのための嘘の面接ということも忘れて、真己は身を乗りだした。朝食付きで月三万なんて、酒屋で間借りしていた時よりも安い。真己の様子を見てきらりと目を光らせた糸川が言う。

「それならこれから、部屋を見るだけ見に行ってみる？」

その言葉にかぶせるように、

「あれぇ？　真己くん〜？」

通路側から声がかかった。俊さんだな、と思ったが、とりあえずびっくりした様子で通路のほうを見る。そして心底びっくりした。

「え、あ……、宏美、ちゃん？」

「うん、宏美でーす」

そう言ってにっこりと笑った宏美……俊は、もう本当に目が離せなくなるくらい可愛かった。レース地の白いブラウスに、クラシックな花柄模様のレトロブルーのフレアスカートを穿いている。花柄に合わせたくすんだピンク色の小ぶりのバッグを持ち、薄ピンク色の秋冬用コートを腕にかけている。綺麗に巻いた上品な栗色の髪と、ガッツリ時間をかけて作りあげたナチュラルメイク。お嬢フェミニンの見本だ。なんだこれは、可愛すぎる、と真己が唖然としていると、俊が言った。

「偶然～。真己くんもここよく来るの？」

「あ、いや、今日は待ち合わせで……」

「そうなんだぁ。あ、こちら、真己くんのおばさま？」

俊が無邪気を装って尋ねる。瞬間、糸川の眉がギュッと寄った。怖、と真己は思い、慌てて答えた。

「いやいや、前の会社の先輩だよ、俺とあんまり年は変わらないよ」

「あ～、そうなんだぁ。ごめんなさーい、ずいぶん年上に見えたから～」

俊はまったく可愛く糸川を挑発する。黙っていた糸川は、作り笑いを浮かべて真己に尋ねた。

「お友達なの、久慈くん？」

「はあ、友達というか……」

「大学の時ぃ、サークルが一緒だったんですよ～。ねぇ真己くん、夏合宿の時、二人で見た星空覚えてる～？　すっごい綺麗だったよね～」

俊がフォローをしてくれる。助かったと思っていると、

「申し訳ないけど」

固い声で糸川が言った。

「久慈くんと仕事の話をしているところなの。遠慮してくれないかしら」

「え〜？　オフショルでぇ、フルメイクでぇ、バルで仕事の話って、信じられなーい。てゆうかぁ、真己くんとこのオバサンてぇ、どうゆー関係なのかなーって」

「宏美ちゃんっ、オバサンとか失礼だろっ。会社の先輩って言ったじゃんっ」

「ごめんなさーいっ。でもこのオバサン、じゃなくてぇ、アラサーの女？　なんて呼べばいいのかなぁ？　アラサーのお姉さん？」

俊は、たいていの男なら確実によろめくほど可愛らしく、小首を傾げて言った。ただし言葉は毒てんこ盛りだ。やりすぎなんじゃないですか、俊さん、と真己がフォローもできずにうろたえていると、真己のケータイが鳴った。

「うわっ、なんだよ、誰だよ……」

すみません、ちょっと席を外しますと糸川に断ってトイレに移動する。電話に出ると、相手は水流添だった。

『俊は合流した？』

「はい、でもすごい怖いですよ、なんか女の戦いというか……」

真己が言うと水流添はケータイの向こうで大笑いをした。

『ともかく、少ししたら俺も合流するから。ブリーダーには、バイト先の人から電話だったと言ってくれ。食事に誘われたって』

「あ、はい。それじゃ、あとで」

通話を終了して、一つ深呼吸をして半個室に戻る。

「すみませんでした、前にバイトしてた会社の人からで」

真己が言うと、糸川がわずかに眉を寄せた。

「再就職の相談をしてたの？」

「ああ、いえ、食事に誘われたんです。なんかよくわからないんですけど」

「そう……」

糸川は苛立ちを隠すようにジュースを口に運んだ。俊が、あっちで一緒に食べようよ、など糸川の気分を害することをガンガン言っていると、

「真己くん。見つけた」

「は、はいっ、あ、き、菊田さんっ」

合流してきた水流添を見て、またしても真己は愕然とした。濃い茶色のジャケットにライトグレーのパンツ、皺一つない真っ白なシャツ。ジャケットの胸ポケットには、鬱金《うこん》色ベースの幾何学模様のポケットチーフが無造作を装って挿されている。ただのジャケパンと言ってしまえばそれまでだが、水流添のスタイルが抜群なことと服が上質なこと、そしてなにより美男なので、男性ファッション誌の表紙を飾ってもおかしくない姿だったのだ。スーツもいいけどラフなのも格好いい、と真己はうっかりうっとりした目を向けてしまう。そんな真己に水流添は愛情をダダ洩らしした笑みを見せて言った。

「今夜、わたしとの食事を振ったのは、こちらの女性と食事をするため？」

そう言って、一転、冷ややかな目で糸川を見た。今や糸川の眉間には深い皺が刻まれ、それがほどける気配もない。水流添に怒りの目を向けながら真己に尋ねた。

「久慈くん。そちらの男性はどなたなのかしら」

「あ、あの、…」

なんと答えようかと真己は焦った。そこまで打ち合わせをしていないのだ。ドッと冷や汗をかいた時、水流添が答えた。

「真己くんは学生時代、わたしの会社でアルバイトをしていたんです。遅刻も無断欠勤もしない真面目な子でね。仕事も早く正確にこなしてくれた。それになにより、可愛い」

そこで言葉を切って、水流添が糸川を見つめる。糸川は眉間の皺だけではなく、表情も恐ろしいものへと変化している。うわぁ、怖い、と真己が思っていると、水流添が真己に微笑を向けて言った。

「真己くん、こちらは勤め先のお局様《つぼね》？」

「えっ、い、いやっ」

「やだぁ、お局様ってこわーい。アラサーのお姉さんて言ってあげて〜」

「あのですねっ、ま、前に働いていた会社のっ、先輩ですっ」

水流添と俊の挑発は留まるところを知らない。どうするんだよ、本当にフォークで刺してくるぞ、と真己は本気で怖《お》じけた。水流添は、なんだ、そう、と、糸川を取るに足らないもの発言をして真己に言う。

「前の勤め先ということは、真己くん、転職活動中なのかな？」

「あの、はい。今日はその相談で、…」

「それならわたしの会社に来ればいい。秘書室の椅子を一つ空けるよ。真面目で几帳面な真己くんならいい仕事をしてくれると思う」

「秘書室……」

これが小芝居だとわかっていても、真己の目が輝いた。水流添はにっこりと笑い、言う。

「食事はもう終わりだろう？　こちらへ来ないか。飲みながら話をしよう」

「やだぁ、オジサンなんかと飲んでも、真己くん、楽しくないよねぇ～？　ねぇ場所変えない？　すっごく雰囲気のいいカフェがあるんだぁ、真己くん、行こう？」

俊が真己の腕を取る。と同時に糸川が真己の手首を掴んだ。

「久慈くん」

「ちょっとやだぁ、オバサンが真己くんにさわらないでくださいい～っ」

目にも留まらぬ速さで俊が糸川の手を払った。口調も仕種も完璧に可愛かったが、俊が本気で腹を立てたことが真己にはわかる。どうしてこんなに怒るんだろうと思ううちに、俊に強引に腕を引かれて、真己はうわわと思いながら椅子を立った。

「宏美ちゃん、先輩とまだ話が、…」

言いながら糸川を見た真己は息を呑んだ。顔色は真っ白なのに、激怒の表情を浮かべてい

るのだ。まさに異様だった。しかも黒目の部分が複眼のように、いくつもの極小のレンズが密集しているように見える。蟲の目か!? と固まってしまった真己の腕を、俊がぐいと引いた。

「真己くんっ」

「…っ、え、あ、なに?」

「お話ならカフェでしようよ～」

俊が真己の腕に腕を絡ませてぴったりと身を寄せてきた。けれど真己を見つめるその目は、しっかりしろ、と怒っている。そうだ、小芝居を続けなくちゃ、と思った時、水流添が、一刀両断という感じに二人の間に腕をねじ下ろし、真己を胸に中に抱くような格好で俊から離した。糸川からは水流添の背中しか見えない状態だ。水流添が素早く車のキィを真己の上着の胸ポケットにすべらせた。そこで俊が、オジサンッ、と言いながら真己の腕を引いてさらに個室から距離を取らせる。ついでにほんの軽く突き飛ばされた真己は、あ、今店を出ろってことか、と察して、糸川に気づかれないようにそうっと後じさった。その間にも俊が水流添に可愛く毒を吐く。

「真己くんにさわらないでくれます～? 男なのに、気持ち悪い～」

「真己くんはわたしと大事な仕事の話をする。小娘はもう帰りなさい」

「え～? 仕事のお話って言うならぁ、こっちのアラサーのお姉さんと、まずは話をしないといけないんじゃないんですかぁ?」

「話すまでもなく真己くんは我が社を選ぶと思うがね」

真己が聞こえたのはそこまでだ。そうっと、けれど急いでバルを出ると、打ち合わせどおりにパーキングに向かって足早に歩いた。

「大丈夫かな、水流添さんたち……飲食店であの不気味な蟲を捕るのか……」

自分があの場にいたら、蟲を見た瞬間、嘔吐《おうと》しそうだ。店から出してくれてよかったと今さら思った。頭の中の地図を頼りに青山通り方面へ向かって裏道を歩いていると、ちょっときみ、という声が背後から聞こえた。真面目な真己は、え、俺のことか？　と思い、足を止めて振り返った。数メートル後ろにスーツを着た中年の男がいて、半端な高さに手を挙げて近づいてくる。

「そうそう、きみ。ちょっとどこ行くの」

「は？　なんですか、俺になにか用ですか、どちら様ですか」

こんな暗い裏道で、見知らぬ中年男から、どこ行くの、と言われる事態が理解できない。ナンパか？　と思っていると、はっきりと顔がわかる距離まで寄ってきた男が苦笑しながら言った。

「どちら様ってきみ、派遣先の所長の顔を忘れたのか？　『スイフト・マーケティング』の善元《よしもと》だよ。久慈くんだろう？　派遣で来ていた」

「あっ、善元所長でしたかっ。はいっ、久慈ですっ」

真己は汗をかいた。忘れたもなにも、向こうは真己の履歴書を見ているだろうが、真己は所長になど会ったこともない。それでも以前カッター女のことで迷惑をかけたので、焦って頭を下げた。

「あのっ、暴れた女性の勘違いだったとはいえっ、御社にご迷惑をおかけして、本当に申し訳ありませんでしたっ。お詫びに伺わないとと思っていたんですがっ、なかなか都合がつかなくてっ」

「いやいや、あの女性のことは久慈くんのせいじゃないんだろう？　糸川くんからちゃんと聞いているから」

「はいっ、すみませんっ」

「その糸川くんから、久慈くんを準社員にしたいと推薦があってね、今日面接をと言われていたんだよ」

「え……」

「どこへ行くんだい。店に戻ろうじゃないか」

「……」

真己はゾクリとした。思いだしたのだ。水流添と俊の会話を盗み聞きした時、言っていなかったか？　所長にも、親会社の誰かにも、糸川は子飼いの蟲を憑けていると……。

「……っ」

ヤバいと思ったのと同時に走り出していた。逃げなくてはと思った。

「待ちなさい、久慈くんっ」

善元が怒鳴るが、待ったら糸川の下へ連れて行かれることはわかりきっている。

「なんで俺のあとつけてきたんだよっ、糸川さんから見張っとけって言われてるのか!?」

ともかくも走って逃げた。蟲が憑いていようが相手は中年の男だ、若い真己の足に敵うわけもない。入り組んだ住宅街の裏道をめちゃくちゃに走り、行き当たったコンビニの前で足を止めて振り返った。

「いない……っ、よかった、撒《ま》けた……っ」

善元が追ってくる姿も、足音もしない。ホッとしてコンビニに入ると、青山通りはどちらかと尋ねて、教えられた方向へ歩き出した。一つ角を曲がっただけで青山通りに出ることができたので、そこから渋谷方面へ向かって歩く。しばらくして向こうにパーキングの大きな表示が見えた。あそこだ、とホッとした。

「自販機ないかな、スポドリ飲みたい……、ああ、あったあった」

ビルの地下にあるパーキングの入出庫口に大きな自販機があった。そちらへ近寄っていった時だ。

「……っ!?」

後ろから歩道を走ってきた自転車が、スライディングをするように、ジャジャジャジャと音を立てて真己と自販機の間に入り込んで停まったのだ。危ないじゃないか、と言いたかったが、運転していた男はどう見ても怖そう、つまり派手でチャラチャラした格好の青年だ。口より先に手が出そうという雰囲気がある。係わったら駄目だと思った真己が視線を落とし、青年を避けてパーキングに入ろうとした。ところが青年は真己の顔を下から覗きこむという、これまた怖いことをしながら言った。

「どこ行くの～？　急いでるなら後ろ乗せてやろうか、真己ちゃん」

「……っ」

会ったことすらない青年なのに名前を呼ばれた。この青年も糸川の子飼いの蟲だ、と察した真己は、もう目の前にパーキングがあるのに入れず、さらに渋谷へ向かって走り出した。

「嘘だろう、なんで追いかけてくるんだよ、俺の行き先知ってるわけでもないのにっ」

なんだか自分にGPSでも仕込まれている気分だ。青山通りをひたすら走るが、善元と違って自転車の青年はどこまでも伴走してきては、真己ちゃん乗りなよ、面白いところに連れて行くよ、とからかってくる。振り切れない。青山通りから宮益坂下《みやますざか》のほうへ進みながら、このまま走り回っているわけにはいかない、水流添に聞こう、と思ってケータイを取りだしたが、走りながらではまともに操作ができない。

(歩きスマホ禁止だから走りスマホはできないような仕様なのかっ)

パニックを起こしていて支離滅裂《しりめつれつ》なことを考えている。

(でも止まったら捕まるし、だからって何時間も走っていられないし、どうしよう、えーとえーと……そうだ電車に乗ろうっ、山手線《やまのて》グルグル乗りながら水流添さんにメールで指示を仰ごうっ)

電車まで自転車の青年が追ってきても、人目のある車内で真己をどうこうはできまい。もし車内で不審な行動を取られたら、痴漢、変質者、と叫んでしまおうと思った。ＪＲの高架下をくぐり、スクランブル交差点を見て、しまった、手前のどこかで道を渡っておけばよかったと後悔する。そうすれば商業施設の連絡通路をとおって駅まで行けたのに。相変わらず伴走してくる蟲憑き青年を無視しながら交差点までやってきた。スクランブル交差点はちょうど歩行者用信号が青だ。真己が駅へ向かって進むと、人の迷惑お構いなしに自転車にまたがったまま真己の横をのろのろついて走る自転車青年が言った。

「電車乗るの～？　さすがにチャリでついていけないしな」

「……」

「じゃ、俺はここまでってことで。あとはあいつにお任せするわ」

「……!?」

あいつって誰だよ、と動揺する真己に、青年が向かいの歩道を指さした。そちらを見た真己は、嘘だろ、と口走ってしまった。人の流れを思いっきり妨げて、自転車青年と同じような感じの青年が、両手を振って真己にアピールしているのだ。

（あれも子飼いの蟲……!?）

真己は反射的に駅とは反対方向へ向かって交差点をＵターンした。

「あれぇ真己ちゃん、Ｕターン？　左のほうへ逃げたほうがいいんじゃないかなぁ～」

自転車青年が言いながらついてくる。そしてたぶん、交差点の向こうにいた青年も真己を追ってくるだろう。

「俺を道玄坂《どうげんざか》のほうへ行かせたいのか？　行くかよっ」

人でごった返す渋谷の街を闇雲に小走りしながら、どうすればこの二人を撒けるんだと考えた。

「撒いたとしても、ＧＰＳつけられてるから、どうせ見つかるし……っ」

撒けなくてもいい、せめてそばに来ないように、拉致されずにすむようにはできないか。

真己は息を荒くして走りながら考えた。


一方、真己をバルから逃がした水流添と俊は、半個室に入ると強引に糸川と相席した。糸川は真っ白な般若という顔で、久慈くんっ、と言って椅子を立とうとする。それを隣に座った水流添が制した。

「まあ座りなさい。真己くんの就職ならわたしが責任を持つから、あなたは引き取ってくださって結構ですよ」

冷たい表情で水流添が言うと、糸川はまなじりをつり上げて言い返した。

「久慈くんはっ、わたしのものなのよっ」

「やだぁ、真己くんがアラサーのオバサンなんか、相手にするわけないじゃないですかぁ」

俊が握った拳を口元に持っていき、小馬鹿にするようにクスッと笑った。瞬間、ブン、という音が聞こえるような鈍い衝撃を水流添たちは感じた。出るぞ、と二人して思った時、糸川がガッとフォークを握り、向かいに座る俊の顔を突き刺そうとした。

「乱暴だな」

予期していた水流添が糸川の右手をがっしりと掴む。糸川はからくり人形のようにがくっという感じで水流添に顔を向けた。

「放せっ」

「出てきたぞ」

のんびりと水流添は言った。今や糸川の目は黒目の部分だけではなく、眼球全体が複眼のようになっているのだ。水流添はさらに煽った。

「真己くんのように可愛くて汚れていない子は、金をかけて磨いてあげるものだ。一介のOL、それも中小企業勤めのあなたには無理だろう。真己くんはわたしが大事に可愛がる。あなたは身を引きなさい」

「黙れ、あの子はわたしのよっ」

「てゆーかぁ、真己くん二十二ですよぉ？　オバサンやオジサンと付き合うわけがないっていうかぁ、付き合えると思ってるのが図々しいと思うんですけど～」

「馬鹿ねっ、可愛がるのよっ、めちゃくちゃに可愛がって可愛がって、…」

「だからぁ、オバサンには無理ですよ～。わたしが泣きながらぁ、ずっと大好きだったの、って言えばぁ、きっと真己くんは抱きしめてくれるんで～、そのままお待ち帰りかなっ」

俊が、うふっ、と男ウケに特化した笑みを見せて、これでもかと糸川を煽った。般若の形相の糸川の髪が、静電気でも起きたようにぶわっと持ち上がり、乱れる。その背後に、まるでスモークに投影した映像のように、蟲の幻影が立ち現れた。閃《ひらめ》くような速さで左手でナイフを掴んだ糸川が、再び俊の顔面に突き刺そうとしてくる。今度は俊がその手を払い、同時にバッグから取りだしていたスプレーで、糸川の顔面にニームオイルを吹きかけた。

とたんに糸川の動きが緩慢でぎこちないものになった。俊が余裕でナイフを取り上げると、糸川が錆《さ》びついた鉄扉を開ける時のような、なんとも不快な金属音を発した。

「うわ……っ」

「ひーっ、鳥肌立ちそうだっ」

蟲の鳴き声だ。水流添と俊はいやそうに顔をしかめたが、ふつうの人には見えない蟲だから、鳴き声だってふつうの人には聞こえない。カッと開いた糸川の口の中に、二本の蟲の尾が見えた。苦しそうに尾を絡ませたり、打ち振ったりしている。正面から見ていた俊は、あまりの気味悪さに両腕で自分の体を抱いた。

「あーっ、キモ!!　ゾエ、早く捕って、早くーっ」

「簡単に言うなよ、俺だってこれは勇気がいるんだ」

水流添がジャケットのポケットから、いつも食べているミントタブレットの小さな缶を取りだした。ただし、入っているのは特濃に煮出したニーム茶を飴にしたものだ。それを一つ振り出し、ぴくぴくと蟲が尾を振っている糸川の口の中、舌下に押し込んだ。またしても鳥肌が立つような金属的な鳴き声を蟲が上げ、当然ニーム飴を吐き出そうとする。水流添がガッと糸川のあごを押し上げ、無理やりに口を閉じさせた。

「しっかり喰え」

「あああああ、ヤダヤダヤダッ。ゾエの無駄な勇気にはマジで感心するっ」

「尻尾だからまだマシだ。ブリーダーの口の中で蟲が顔を覗かせていた時は、蟲取りをやめようと思ったこともある」

「無理無理無理、俺ならソッコーで逃げてる」

俊が身ぶるいをした。今や糸川は彫像《ちょうぞう》のように動きを止めているが、蟲の鳴き声はギーギーとやかましい。それがだんだんと鎮まっていき、ついに鳴き声が消えた。水流添が押さえていた糸川のあごから手を離すと、糸川の体がやや前のめりに倒れる。引き結ばれている唇をこじ開けるようにして蟲が這いだしてきた。俊は壁ギリギリまで身を引いて悲鳴をあげた。

「あああーっ、キモイキモイっ。うわーっ、ゾエっ、ゾエ、ゾエっ」

「うるせーな」

水流添は、ポケットから取りだしたニームオイルを手に塗りたくりながら俊の視線を追い、うわぁ、と思いきり顔をしかめた。糸川の口から外に逃げ出した蟲が、ローストビーフの皿の上で、ソースまみれになってのたうっていたのだ。サイケデリックな色の、マーブル模様の蟲が。

「やべぇよゾエ、俺もう肉食えないっ」

「おまえがそんな柔なタマか」

フンと鼻で笑った水流添が蟲壺の蓋を開ける。一つ深呼吸をすると、モンキーバナナを一回り大きくしたくらいの巨大な女王蟲を素手でつまみ上げた。いやーっ、と小声で可愛い悲鳴をあげる俊の目の前で、蟲壺にグイグイ押し込む。素早く蓋をして、ふう、と水流添は息をついた。

「さすが女王蟲だ、でけぇな。蟲壺にパンパンだぞ」

「ちきしょう、吐きそうっ。なんか俺のこと睨んでる気がするんだけどっ。なあ本当に壺から出てこねぇ？　ミチミチじゃん、壺割れねぇ？」

「抜かりはない。チャンダンマシマシにしてある。おおっと」

蟲が離れた糸川の体が、ぐらりとかしいだ。ローストビーフの皿に顔面を突っ込みそうになったが、慌てて水流添が肩を掴んで起こし、壁にもたれかからせる。

「一分もかからないで正気に戻る。その前に店を出よう。真己を回収して帰る」

「じゃあ俺、化粧直すふりで便所寄ってから出る。パーキングで合流しよう」

「わかった」

そうして俊が先に個室を出る。数秒待って個室を出た水流添は、糸川たちの会計をするとバルを出た。

パーキングに向かって裏道を歩いていると、すぐに俊が追いついた。場所柄カップルのほうが怪しまれないので、いかにも恋人同士というふうに腕を組んで歩く。

「なーゾエ、今日の夕飯、肉だったらどうする？」

「食う」

「マジで？　アレ見たくせに肉食えんの？」

「アレを踏み潰せる奴が、なにナイーブなこと言ってんだ。大体おまえはゴキブリの入ってたラーメン、平気で食ってただろうが」

「ゴキブリは馴れだよ。ゴミためみたいな部屋で長いこと暮らしてたから、食い物にたかってたゴキブリをどかして俺が食ってたし」

「とにかくゴキブリラーメン食えるなら、皿に落ちた蟲見たくらいで、肉食えねぇとかほざくな」

「ちょ、ゴキブリラーメンて、それなんか違くねぇ？　ゴキブリはちゃんとつまみ出してたろ？」

　気分が悪くなるようなことを気軽に話しながら約束のパーキングへ戻った二人は、ビル地下のパーキングに停めておいた車に真己が乗っていないことを認めると、ぴたりと動きを止めた。水流添の眉間に皺が寄る。俊はこめかみに青筋を立てて言った。

「やられたかもしれねーな、ゾエ。さっきブリーダーが真己の手を掴んだだろ。ソッコー、ブッ払ったけど、そん時にやられたかも」

「子飼いに追われてるかもしれないな。トランクに、……ああ、キィは真己が持ってるんだった」

「バイクにも積んであるだろ」

　急ぎ足でパーキングを出ると、ビルの裏手に回った。コンビニやファストフード店が並ぶちょっとした広場になっていて、駐輪場も整備されている。そこに停めておいたバイクを押して表に戻ると、俊がパニアケースからブラックライトを取りだした。パーキング入り口あたりをさっと照らすと、キラリ、と一筋の糸状のものが見えた。

「やっぱ紐《ひも》つけられてる。あっち、渋谷のほうへ行ってるな」

俊が言うと、水流添は顔をしかめてうなずいた。

「渋谷に誘導されてるんだろうな。ブリーダーが持ってるマンションへ追い込もうとしてるのかもしれない」

「兎《うさぎ》狩りの兎だな、真己。パニクってまんまとホテル街に入り込んでなきゃいいけど」

「こっちからマンションへ行くにはスクランブルを渡らないとならない。ひとまずそこまで行くぞ」

「俺の嫁に手ぇ出してたら、ぶっ殺しちゃっていいよな」

「駄目に決まってるだろう。ほら、メットかぶれ、行くぞ」

水流添は頭を振ってため息をこぼした。俊がぶっ殺すと言ったら、本当にぶっ殺すことを知っている。

パーキング入り口からスクランブル交差点まで、バイクだとものの数分だ。俊が反対車線、右側の歩道をちょくちょくとブラックライトで照らして、真己につけられた紐を確認する。

「ゾエ、スクランブル渡って……、あ、いや、引き返してる。は？　なんか真己、このへんグルグル歩き回ってるぞ。紐が何回も交差してるし重なってる」

「逃げ回ってるんだろう。円山町《まるやまちょう》方向には行ってないんだな？」

「ないない。センター街から北をグルグル回ってる感じ」

「よし、井《い》の頭《かしら》通りから公園通りに流してみる。真己を見逃すなよ、無駄にいい視力の使いどころだ」

　水流添は交差点を右折し、井の頭通りに進んだ。


　真己は水流添たちが探しに来てくれていることも知らず、センター街を中心に、人の多い場所をひたすら逃げ歩いていた。

「ああ、水飲みたい……」

　喉が渇きすぎて喉の粘膜がくっつきそうだ。目先にある薬局の店頭に、飲料の冷蔵ショーケースがある。その中で冷やされているスポーツドリンクに目が釘付けになった。買おうかと思って足を止め、振り返る。

「……くそっ」

　さすがに自転車青年はついてこられなかったのか姿が見えないが、かわりに交差点の向こうにいた青年がニコニコと真己に手を振ったのだ。薬局でドリンクを買っていたら確実に捕まる。真己は前を向き、再び逃げ出した。

「新たな蟲が湧いてくる前になんとかしないとっ。あっちは何人もいるのに、なんで一気に捕まえに来ないんだ、もしかして俺が動けなくなるのを待ってるのか……」

そう考えたら心底ゾッとした。たしかに大暴れする真己を力ずくで拉致するよりも、体力を使い果たした真己を拉致するほうが簡単だ。

「くそ、もうこの際追いかけてきてもいいから、拉致されない方法はないかな、蚊取り線香で蚊が逃げるみたいに、蟲に効くなにか……、あっ、チャンダンっ」

閃いた。蟲に使うと邪悪さが浄化されて蝶になるというチャンダン。それを蟲につけるのではなく自分につけてしまえば、追い払うことはできなくても、蟲に拉致されることはなくなるのではないかと思った。なにしろチャンダンにまみれた真己にさわったら、浄化される、つまり蟲でいられなくなるのだ。

「チャンダン、絶対チャンダンっ。でもチャンダンなんかどこで……、というかチャンダンてなんだっけ、えーと、えー……あっ、白檀だっ。白檀、白檀、化粧品だっ」

水流添の事務所でも、天然物はサロンに卸さない、と言っていた。ということは、白檀は化粧品に使われるものだと思える。ダメ元で化粧品屋に聞いてみるべきだと真己は思った。

「化粧品ならデパートだっ」

ゼエゼエと息を切らしながらセンター街を渋谷駅方面へ戻り、駅から一番近いデパートに入った。ありがたいことに一階が化粧品売り場だ。出入り口から一番近いところに店を構えていた化粧品店のカウンターに駆けよった。

「すみませんっ、香水をっ、白檀のっ、白檀の香水をくださいっ」

「はい、白檀でございますね。男性用でございますか、それとも女性用の香水でしょうか」

「なんでもいいです、ともかく白檀の匂いのするやつをっ。一番、一番白檀臭いやつをっ」

白檀臭い、とは化粧品店に対して失礼な言い方だが、さすが一流ブランドのビューティーアドバイザーだけあって、終始笑みを絶やさない。すぐに真己が希望するオーデコロンを出してくれた。

「香りを確認されますか？」

「いえっ、すぐ使うのでっ。このままでいいですっ、箱もいりません、包まないでシール貼ってくれればっ、おいくらですかっ」

まるでスーパーで飲料を買うようなことを言う。けれどBAはやっぱりニコニコしながら承りますと言い、値段を告げた。真己は内心で、香水って一本二万近くもするのかよ、と驚愕したが、背に腹は代えられない。あいにく現金の持ち合わせがないので、以前勧誘されてなんとなく作ったカードで払った。BAが会計処理をしている間にデパートの出入り口を見ると、子飼いの蟲がニヤニヤしながら真己を見ている。

（ついてこいよ）

ひとまず白檀という武器を手にした真己は、怖さと怒り、半半の気持ちで青年を睨んだ。真己の希望通り、箱から出したボトルにデパートのシールを貼ってもらい、カードの控えをレシートとともに受け取ると、フロアの奥へ進んだ。

「水流添さんに連絡取れるまで、人に迷惑がかからないようにしないとな……」

実際に白檀の香りが防蟲になるのかはわからないが、なんらかの作用はするはずだ。水流添たちが来てくれるまで、自分と蟲だけになりたいと思った。真己を拉致するために、他人様になにかされたら困るのだ。真己は化粧品の香りが充満するフロアをグルグル歩き回りながら考えをまとめると、出入り口近くにあった案内所に駆けよった。

「すみません、駐車場ってどうやって行くんでしたっけ」

「はい、お車は何階に停められましたか？」

「何階？　えーと、屋上です」

「はい、それでしたら五階にパーキングタワーへの連絡通路がございます。屋上へはパーキングタワーのエレベーターをご利用ください」

「ありがとう」

礼を言ってフロアを引き返すと、上りエスカレーターに乗った。

「駐車場の屋上なら、ほぼ人はいないはず」

ちらりと背後を見て、マジか、と真己は冷や汗をかいた。蟲憑きの青年が二人に増えている。自転車の青年が合流してきたのだ。上りエスカレーターに乗った真己を見て、二人してニヤニヤと笑ってなにかをこそこそ言い合っている。上に逃げたら逃げ場がないと思って、浅はかな真己を笑っているのだろう。

「いいんだよ、それで。俺が逃げられないってことは、あんたたちだって逃げられないってことなんだから」

水流添が来たら。

真己はギュッと奥歯を噛み、信じてますからね、水流添さん、俊さん、と思った。

井の頭通りをバイクで流していた水流添は、大型雑貨店のところで右折し、さらに右折して、公園通りから再び井の頭通りの入り口まで戻ってきた。その時だ。

「ゾエ、真己いたっ」

「どこだ」

「向こうからこっちに走ってくる……、は!?　なんだよ、デパート入ったっ、なんでデパートなんだよ、可愛いけど馬鹿だろ真己っ」

「道を走っているよりデパートの中のほうが安全だと思ったんじゃねぇのかな。ともかくデパートの中にいてくれれば保護しやすい」

「駐車場、入れよ。真己に電話しろ」

ああ、と答えて、水流添はパーキングタワーにバイクを進めた。一階のバイク専用置き場に停めて、バイクにまたがったまま真己のケータイに電話をかけた。走り回っているなら出られないかな、と思ったとおり、電源が入っていないというアナウンスが流れた。水流添は改めて真己にメールを打った。

「すぐに、電話、かけろ、と……」

メールを送信した水流添に俊が言う。

「俺、店内行こうか？」

「んー……、いや、おまえまで行方不明になったら面倒だ。真己と連絡ついたら二手に分かれて真己を保護する」

「了解。子飼いの蟲がいたら蹴り倒してニームオイルぶっかけてやる」

「そんなことしたら蟲が出てくるぞ」

「願ったりだ、踏み潰してやる」

「俊は怒りスイッチが入ると凶暴になるからな」

蟲を踏み潰したところで退治したことにはならないので意味はないが、怒りモードの俊を止めようとは、水流添は思わない。真己は無事だろうかと、焦りと苛立ちでじりじりしながら待機していると、水流添のケータイの呼び出し音が鳴った。ワンコールで水流添が通話をつなぐ。

「真己？」


その少し前。

真己は連絡通路からパーキングタワーに出ると、非常階段を使って屋上を目指した。

「なん、何階、上れば屋上だ……!?」

腿やふくらはぎがぎしぎし痛んだ。

「昨日、無茶なこと、されなくて、ホントに、よかったよ……っ」

泣いてよがってほとんど気絶するほどの快楽地獄に落とされたが、体自体には傷一つない。

さすがに恋愛詐欺師だけあって、経験豊富なのだろう。

「ああ……っ、水、飲みたい……っ」

喉元が痛むほど呼吸がつらくなっている。足を止めたらもう動けなくなると直感して、どんなに呼吸が苦しくても、足が痛んでも、根性と気合いで階段を上がり続けた。やっとのことで屋上に出る。スーパーの駐車場のように所々に防犯灯が立っていて、思ったとおり、数えるくらいしか車は停まっていなかった。真己はエレベーター口から一番遠く、一台も車が停まっていないところまでよろめきながら走った。フェンスに背中をあずけると、一気に足の力が抜けて、ズザザと座りこんでしまった。

「で、電話っ、水流添さんにっ」

階段のほうを見る。蟲憑きの青年たちはまだ姿を見せない。どうせ屋上まで行ったら逃げ場がないと思って、のんびりと上がってきているのだろう。今のうちに、と思い、ケータイを取りだした真己は、水流添からメールが届いていることに気づいた。一読し、急いで水流添に電話をかける。

通話はワンコールでつながった。

『真己？』

「お、屋上っ、パーキングの屋上に、あのデパートの、渋谷のっ、蟲の青年が二人いてっ」

『落ち着け。渋谷のデパートのパーキングだろ？　俺と俊は今そのパーキングにいる』

「本当ですかっ、あの、屋上なんですっ、屋上に来てくださいっ」

『すぐに行くから、フェンス乗り越えたりとかするんじゃないぞ。反撃はしないで、とにかく逃げ回っていろ。わかったか？』

「大丈夫っ、そ、それからスポドリをっ、喉渇いて死にそうっ」

『それも持って行く。俊がもうそっちに向かってるから心配しなくていい。二分後に会おう。真己、愛してる』

「は、はい……っ」

こんな状況で愛してると言われて、こんな状況なのに真己は赤面した。とにかくあと二分で水流添はここに来てくれるのだ。

「二分だけ頑張るっ」

ふっと気合いを入れ直した真己が階段のほうを見ると、ようやく蟲憑きの青年二人が姿を現した。真己は握りしめていた白檀の香りのオーデコロンを、ミストシャワーかよ、と思うほどプシュプシュと自分に吹き付けた。

「……っ、む、噎《む》せる……っ」

全身が深みのある甘い香りに包まれた。これが白檀の匂いなのか、違うものの匂いなのか真己にはわからない。けれどたしかに、この中に白檀の成分が入っているのだ。地面にへたり込んだまま、近寄ってくる青年たちを見る。青年たちはラップなのかヒップホップなのか、それらのMVでよく見る身振りをしながら歩いてくる。舐められてるよなぁ、と真己が思った時、下の階からだろうか、なんとも軽やかなエンジン音が近づいてきた。

「……人が来たらまずいな……」

真己はフェンスを掴み、なんとか立ち上がろうとした。こんな場所で地面にへたり込んでいる真己と、その真己に向かって踊りながら近づいていく二人の青年。誰がどう見ても、追われる男と追う男たちだ。しかも真己はリクルートスーツだし、青年たちは私服とはいえチャラすぎる身なりをしている。

「……恐喝されてる人に見えるよな、俺。マズいよな、上がってきた人が警察に電話しようとしたら、その人に迷惑がかかる……っ」

移動しよう、とふるえる足で立った真己は、屋上に上がってきたのがバイクだと知って、あれ？　と思った。屋上にバイク駐車場はないんじゃないか、と考えていると、一度フオンとエンジンを吹かしたバイクが、あろう事か青年たちに突っ込んでいくのを見てしまった。

「あああ危ない、危ないーっ」

真面目で善良な真己は、蟲が憑いているとはいえ、青年たちに向かって叫んだ。青年たちが、ハッとして振り返ろうとしたところで、そのうちの一人にドカンとバイクが突っ込んだ。

「嘘だろ、嘘だろーっ」

完全に故意だ。目の前で人がバイクに撥《は》ねられるところを見てしまった真己は、恐ろしくて腰が抜けてしまった。難を逃れた青年も、へっぴり腰で後じさっている。バイクは小さな円を描いて真己のほうへ走ってくる。俺まで撥ねる気だ、と恐ろしさのあまり漏らしそうになった。だがバイクは、真己の前で後輪をすべらせて停まった。

「真己、どこもさわられてねぇな？」

バイクにまたがったままヘルメットを取った人を見て、真己は声も出せずに目を見開いた。さっきバルで別れた時のまま、完璧に可愛い女の子姿の俊だった。

「しゅ、俊さ……」

「どこもさわられてねぇな？」

「は、はい、大丈夫……」

真己が茫然としながらうなずくと、俊は振り返って言った。

「一匹は転ばせたけど、もう一匹が……逃げそうだな」

「ま……待って待って、待って俊さん、バイクで人を轢《ひ》かないでっ、マズいですよ、人殺しなんて絶対駄目っ」

「ちょっと当てただけだよ。俺の嫁のケツを追っかけ回して、ただで帰れると思うなよっての。もう一匹を、……ああ、ゾエが来た」

「え……」

エレベーター口に目をやると、たしかに水流添が出てきたところだった。

「水流添さん……っ」

もうこれで本当に大丈夫なのだと思った真己は、安堵で涙ぐんでしまった。水流添は真己に向けて、手にしていたスポーツドリンクを掲げて見せてくれる。呑気《のんき》というか、まったくなにもおかしなことは起きていない、という素振りが、ますます真己を安心させた。ところ

が水流添は、自分の横をすり抜けてエレベーターに逃げようとしていた青年のあごを、下からスコーンという具合に殴り上げたのだ。えええっ、と驚愕する真己の視線の先で、青年は膝から崩れ落ち、恐らく失神した。

「……嘘……」

思わず呟く真己に向かって、のんびりと水流添が近づいてくる。バイクのエンジンを切った俊が、「ちょっと当てただけ」の青年に近寄り、右の脇腹のあたりを蹴った。青年が悶絶する。何事もなかったような顔で戻ってきた俊に、真己はふるえ声で尋ねた。

「俊さん……なにしたんですか……」

「え、蹴っただけ」

「……」

なにか？　という感じに俊は答えるが、一度蹴っただけで大の大人があそこまで悶絶するだろうか。おののいていると、やっと真己の間近まで来た水流添が、スポーツドリンクの蓋を開けて真己に手渡した。

「俊は体も小さいし力もないから、急所一発狙いなんだよ。タマを蹴らなかったのは俊の優しさだ」

「き、急所……」

真己はゴクリと唾を飲んだ。急所なら一蹴りで人が悶絶するのも道理だ。

「つ、水流添さんは……、あの蟲憑き青年に、なにを……」

「うん？　小突いただけ」

水流添も、なにか？　という調子で言うのだ。ちょっとこの二人怖い、と真己が思っていると、俊が顔をしかめた。

「なんだよ真己、くせぇっ」

「……、え？　あっ、そうっ、白檀の香水ですっ、これつけてれば、蟲が近寄らないと思って、さっき買ったんですっ」

機転が利くでしょう、という気分で香水のボトルを突きだして見せた。水流添はにっこりと笑うと真己の前にしゃがみ、よしよしと頭を撫でながら言った。

「チャンダンを思いだしたのは偉いな」

「よかった、ですよねっ」

「だけどな、真己。除蟲効果があるのはニームなんだ。チャンダンは邪気を浄化するだけで、蟲除けにはならない。でもまあ、チャンダンの香気にふれれば蟲は弱っていく。即効性がないだけで」

「じゃ、じゃあ、俺の判断、間違ってなかったんですよねっ」

「ああ、間違ってない。ただし、市販の香水類に使われている白檀の香りは、合成香料だ。つまり白檀ではないから、蟲を弱らせる効果はない」

「……」

なんだって？　と真己は唖然とした。それなら、もし近くに水流添たちが来ていなかったら、青年たちにやすやすと拉致されていたということか？　考えて考えて、二万近くも払って買ったものが、まったくの役立たずだったと？

茫然と水流添を見つめる真己に、微苦笑をして水流添は答えた。

「でもよく考えたよ、真己。ほら、スポドリ飲んで、帰ろう」

また水流添が頭を撫でてくれる。真己が茫然としたままドリンクをがぶ飲みしている前で、俊が懐中電灯のようなもので真己の手首を照らした。そうして、くそ、と毒づいた。

「やっぱ紐がついてる。あの女、一瞬でやってくれるよな」

「さすが女王蟲ってところだな。真己、右手出せ」

言われるまま右手を出す。水流添はジャケットのポケットからなにかの小瓶を取りだすと、蓋を開けながら言った。

「ニームオイル塗るぞ。かなりすごい臭いだが、我慢してくれ」

「ニームオイル……蟲除けでしたっけ」

「そう。さっきバルでブリーダーに手を掴まれただろう。あの時に紐をつけられた」

「紐……？」

「蚕《かいこ》が繭《まゆ》を作るのに糸を吐くだろう。ああいうイメージでいい。本来は子飼いを動かすための紐付けで糸を吐くだけで、餌にはつけない。だが今回は俺たちが介入したせいで、横取りされると焦ったブリーダーが真己につけたんだろう。子飼いを使って拉致ろうとしたんだ」

「ああ、それがGPSだったんですねっ。どこへ行っても蟲が現れるから、俺絶対GPSつけられていると思っていたんです」

　真己がそう言うと、GPSというのが面白いのか、水流添はにやにや笑いながら真己の手にニームオイルを塗った。予告されていたとおり、酸化した天ぷら油に似たものすごい臭いがした。真己が全身に吹き付けた香水の香りとあいまって、なんとも不快な臭いがあたりに漂う。俊が顔をしかめて言った。

「うわ、くっせぇ。セクキャバの厨房前の通路の臭いだ」

「はい？」

　セクキャバって、と真己は驚いたが、俊はそれについて説明する代わりに言った。

「蟲の紐な、どういう理由だかわかんねぇけど、ブラックライトで見えるんだよ。だからパーキング前から真己の紐をたどってきたわけ」

「ああ……、俊さんたちがこのパーキングにいたのは、そういうわけだったんですね。紐がつけられたのは気持ち悪かったけど、おかげで助かりました」

　ナチュラルに善良砲を放つ真己だ。俺の嫁可愛いっ、と思った俊は、ヘラッと笑うと言った。

「んじゃ俺はバイクで帰る。ゾエと真己は車で帰るだろ？」

　俊が尋ねると水流添はうなずいた。

「ああ、青山のパーキングまではタクシーで行く。事務所で合流な」

　おー、と俊が笑ったところで、あれ？　と思って真己は尋ねた。

「え、あの、蟲取りはしないんですか？　あの人たちの……」

　地面に転がっている青年たちを指さす。水流添が素っ気なく答えた。

「奴らの蟲は捕らないよ」

「えっ、どうしてですか!?」

「金にならないから」

「そんな……、だって蟲に憑かれているから俊さんにバイクでぶつけられたし、水流添さんに殴られたんですよ!?　憑かれてなければこんなことにならなかったし、迷惑こうむってるのに……っ」

「真己。蟲取りはボランティアじゃないんだ」

「それなら水流添さんは、お金のために蟲を捕っているってことですか!?　お金持ちに頼まれた時だけ蟲を捕るんですか!?　じゃあお金のない俺は、水流添さんの好みのタイプじゃなかったら見捨ててたってことですか!?」

「あー……」

　答えに窮する水流添に替わり、俊が言った。

「真己。蟲取りはゾエだって命がけなんだ。下手したらブリーダーから離れた蟲がゾエに憑くかもしれないんだぞ」

「あ……」

「大金ふんだくることで恐怖と折り合いつけてるんだ。もしゾエが蟲に憑かれたら、誰も捕ってやれねぇ。俺はあんなのさわるのごめんだ。真己はアレをさわれるのか？　素手で掴んで、蟲壺に入れられるのか？　蟲に憑かれるかも知れないのに？」

「あ、俺……」

「金儲けのために蟲を捕ってるとか、そんなふうにゾエを責めんなよ」

「……すみません……。ただ俺は、あの人たちも、前の会社の所長も、蟲に憑かれて困ってると思って……なんとかできないかなと思って……。すみません……自分じゃなんにもできないくせに……」

蟲を見ただけで悲鳴をあげる自分を棚に上げて、なんとも軽く蟲取りのことを言ってしまった。第一、糸川についていた女王蟲を捕ってくれたのだって、ひとえに二人が真己を大事に思ってくれているからだ。そんな厚意を当たり前のことと思って青年たちの蟲取りを頼んでしまった真己が、浅薄な自分を省みて激しく落ち込む。すると真己を溺愛している水流添も俊もたちまち困った顔をした。

「俺の嫁がしょんぼりしてる、やべぇ、俺、困った。ゾエ、なんとかしろ」

「なんとかったって、蟲壺にはもう入らねぇぞ」

「とりあえず蟲を剥《は》がせばいいんじゃねぇの？　そしたら俺が、さ」

「あー……」

踏み潰す、と言外に俊は言っている。水流添はうーんと唸ると、真己の髪をくしゃくしゃとかき回して言った。

「奴らから蟲を剥がすだけでいいなら、やってもいい」

「……本当ですか……？」

「ああ」

「ありがとうございますっ。俺、全財産が三十万ほどしかないんですけど、それでやってくれますか？」

「金はいらない。俺の可愛い真己の頼みだからな。俊も金はいらねぇな？」

「嫁から金を取れるかよ」

俊は答えると、ニヤリと笑った。

「でもタダじゃやらねぇ。真己、金はいらないから体で払えよ」

「体……」

ニヤニヤする俊に、真己は真剣な眼差しを向けて考えた。そうしてこっくりとうなずいた。

「わかりました。唐揚げでどうでしょう」

「……はあ!?」

体で払えと言ったのに、なぜ唐揚げが出てくるのか理解できなくて、俊が頓狂な声を上げる。水流添も片眉を上げたが、真己はあくまでも真面目だ。

「祖母から教わった絶品の唐揚げなんです。しっかりと下味がついていて柔らかくて、囓《かじ》るとサクッとした歯ごたえがあります。そのあと肉汁がジュワーッと出てくるんです」

「……」

俊と水流添の喉がゴクリと上下した。

「ニンニク醤油味がおいしいんですけど、あっさり塩味もおいしいです。実家にいた頃は俺しか再現のできなかった祖母の唐揚げです。俺の体で返せることと言えば、唐揚げ以上のものはありません」

「乗った」

即座に俊は言った。水流添がニヤニヤしながら言う。

「なんだ俊。もう肉は食えないんじゃなかったのか」

「馬鹿、ゾエ、聞いてなかったのか？　真己がばーちゃんから教わった、サクッでジュワーッでニンニク醤油だぞっ。やべ、よだれがあふれてくる」

「塩もいいよな。レモンキュッと絞って水割りで」

「馬鹿じゃねーの、唐揚げにはビールだろ」

「俺がビール嫌いなの、知ってるだろ」

水流添は立ち上がると、ポケットからニームオイルのボトルを取りだした。

「真己、少しここで待ってろ」

「え、いえっ、俺も行きます、俺がお願いしたんだしっ」

「待ってろ。貧血起こされたくない」

「あ……、はい。すみません、お願いします……」

足手まといになるんだと納得して、真己はぺこりと頭を下げた。なにしろキャンディポットに入った蟲を、ほんのちらりとしか見たことはない。それだけでも鳥肌が立つほど不気味で飛んで逃げてしまったのだ。間近で全体像を見てしまったら、恐ろしくて、たしかに脳貧血を起こしそうだった。フェンスにもたれて二人を見守る真己の視線の先で、悶絶する青年を表に返した水流添が、顔のあたりでなにかした。少ししてその場を俊に譲る。俊は青年の顔の間近で、ダン！　と地面を踏んだ。真己は目を見開いた。

(嘘嘘嘘だろ、まさか蟲を踏んづけたのか!?)

怖さとイヤさで全身から変な汗が出た。二人は今度はエレベーターホールの入口で転がっている青年に寄り、同じようにした。やはり俊が、ダン！　と青年の顔の近くを踏む。もう絶対に蟲を踏んづけたんだと確信した真己は、戻ってきた二人に涙目で問いただした。

「踏んづけたんですか、踏んだんですか、あの蟲をーっ!?」

「いや、踏んでねぇよ」

「嘘だっ、だって俊さん、ダンッて、ダンッて！」

「踏んでねぇっつーの。ほら、見てみろよ」

「うわ……っ」

俊がハイヒールの底を見せてくる。とっさにフェンスにすがった真己だが、確認しないわけにはいかず、泣きたい気分で靴底を見た。そして、なんにもついてない、と思った。眉を寄せる真己に俊が言う。

「だから踏んでねぇっつっただろ？　安心したか？」

「……蟲は羽化しないで死ぬと消えるって、以前話してくれましたよね……」

真己が疑う表情で尋ねる。俊は、ああ、と軽くうなずいた。

「話した。でも今は俺、踏んでねーよ。真己は奴らから蟲を剥がせって言っただけだろ。殺せって言ってない」

「じゃ、じゃあなんで、あんな、ダンッて……」

「俺の嫁のケツを追いかけ回したことに対する怒りの表現」

「はあ……」

「なあゾエ、今のちょっと頭いい奴の科白みてぇじゃなかった？」

「俊は勉強できないけど頭はいいよ」

水流添はたやすく真己を丸め込んだ俊の頭をポンポンと叩くと、真己に手を差し出した。

「帰ろう、真己」

「……はい」

水流添の手をしっかりと握り、立ち上がった。俊はバイクにまたがると、じゃあ事務所でと言って、ヘルメットをかぶってひらひらのスカートで走り出す。真己は真面目な表情で言った。

「俊さん、下着が見えちゃうんじゃないですか……」

「ああ、タマも棹《さお》もタックしてるしスパッツも穿いてるから、間近から見たって男とはわからないよ」

と、真己の肩を抱いてエレベーターホールへ向かった。
そっちを心配しているのだ。真面目な真己をちゃんとわかっている水流添は、ふふっと笑う
「い、いえ、あの、はあ……」
女装の技術的な問題ではなく、下着を見せて走っていたら捕まるんじゃないかと、真己は

「えーっ、唐揚げじゃねぇの!?」

無事にマンションに帰り着き、夕食の時間となった。テーブルにポークソテーが置かれる
と、びっくり、という表情で俊が言うので、真己は申し訳なさそうに答えた。

「すみません、今日はこれを用意していたので。唐揚げは下味をつけて一晩寝かせるので、
鶏肉があったとしても今日は出せないんです」

「そっかー。料理は時間がかかるんだな」

納得した俊に、ごはんと味噌汁を運んできた水流添が、ちょっと叱る口調で言う。

「食わせていただいているんだから、文句を言うな」

「文句じゃねぇもん、唐揚げだと思ってたからびっくりしたんだよ」

「そういやおまえ、唐揚げ大っ好きだよな。二日に一回は唐揚げ食ってなかったか?」

「あーもー俺、唐揚げの奴隷《どれい》だから」

俊の言葉を聞いて、真己は思わず噴きだしてしまった。

「ホント、今日はすみません。明日仕込んで、あさっての夕食には出しますから」

「食わせてもらえんならいつでもいいよ。蟲取りの代金代わりだから、唐揚げ出るまで利息がつくけどなっ」

「利息？　なにがいいですか？　俊さんの好きなキュウリのごま油サラダ？」

「もっと旨いもの。あとで教えるよ」

俊はニヤリと笑って水流添に目配せした。なに、と思った真己が水流添を見ると、水流添は例の、なんでもないよ〜とでもいうようなにっこりとした笑みを返してくれる。それを見て、ものすごく手のかかる料理をリクエストされたら大変だな、と真己は真面目なことを考えた。

食後は順番に風呂に入ったあと、各自自由に過ごす。今夜も一番風呂をいただいた真己がリビングでのんびりとテレビを楽しんでいると、二番目に風呂を上がった水流添がやってきて、無言で真己を抱き上げた。

「うわっ、びっくりした……っ」

ひっくり返りそうになって慌てて水流添の首にすがりつく。

「重いでしょう、腰を痛めますよ、下ろしてください」

「利息をいただこうかと思って」

「え、利息って……」

寝室に抱き運ばれながら、今さら真己は利息の意味に気づいた。一気に全身を熱くして、でも、と真己は訴えた。

「き、昨日も、したし……」

「そう、昨日したから今日はもっと楽にできる。日を空けると孔が硬くなるから、ほぐすのに真己がまた泣くことになる」

「……っ」

　あからさまに言われて真己はますます体を熱くした。水流添は真己をベッドに下ろすと、部屋の四隅の間接照明を灯した。主照明はつけないから薄暗いが、それでも昨夜よりはずいぶんと明るい。真己が、あの、と小声で言った。

「少し明るすぎるんじゃないかなと……」

「利息だからな。しっかり見せてもらわないと」

「そ、そうです、か……」

　すでに全身どこもかしこも水流添に知られているので、今さら見られて恥ずかしいわけではない、と頭では思うものの、水流添が背後から恋人抱きをしてきた時には、ビクッとしてしまった。

「初々《ういうい》しくて燃える」

「す、みません、そのうち、馴れるので……っ」

「ん？　それは馴れるほどセックスしたいってことか？」

「いえ、あのっ……、はい、したいです……」

「なあ、真己はどうしてこんなに可愛いんだ？」

「か、可愛くないと思……」

そこで水流添にあごを取られてキスをされた。ベッドに横になっていない、それどころか服も脱いでいないのに、キスをされただけで下腹が熱くなった。水流添に教えこまれた、ゆっくりとした深いキスを交わす。舌を絡める間にも水流添の手は器用に真己のパジャマのボタンを外していく。肩からするりと上着が落とされ、水流添の手が胸に伸びた。軽く乳首をいじられると、たちまちとがってしまう。優しくつままれたらゾクリとする感覚が脇腹からあそこへと走り、真己は水流添の腕の中で小さく身をすくめた。

「ん、ん……」

甘えたうめきが洩れる。唇を離した水流添が、ふ、と笑った。

「感じた？」

「……はい……」

「真己は体も素直だな。来月には乳首だけでいけるようにしよう。で、半年後には、指をしゃぶっただけでいく体にする」

「そんなの……、こういうことは、俺の合意もないと、できないでしょ……」

「もちろん合意の上で抱くさ。だけどセックスには濃い薄いがあってな。十回かかる開発を五回で終わらせることもできる」

「……はい？」

「そして濃度は愛情に比例するんだ、真己。よかったな」

「え、どういう意味……」

尋ねた唇はまた水流添にふさがれた。口内を巧みに愛撫されてうっとりしていると、ふと俊が入ってきた気配がした。いやいや、まさか、と思ううちにパジャマのズボンに手がかかった。

（え、水流添さんの手は胸にある……。てことは、えっ、また!?）

真己はキスをしたままバチッと目を開けたが、水流添の顔が間近に見えるだけでズボンのほうが見えない。けれど視界の端に俊の頭がちらりと見えた。

「んん、んんんーっ」

手探りでズボンにかかる手を止めようとしたが、水流添に両手をひとまとめにして抱き押さえられてしまい抵抗もままならない。ズボンにかかる手は、つるん、という具合に真己の尻をすべらせて、ズボンも下着も簡単に引き下ろしてしまった。パタパタ足を動かして抗《あらが》おうとしたが、それが却ってよくなかったようで、なんともたやすく衣類をはぎ取られてしまう。ギュッと足を閉じたが、俊が遠慮もなく膝に手をかけて、ガバッと股を開いてきた。

「うん、んっ、……ん、んんーっ」

あそこが熱く湿った感触で包まれた。ねっとりと舐め回してくるのは恐らく俊の舌。しゃぶられているのだと悟った真己は、羞恥で瞬く間に全身を熱くし、経験したことのない快感に惑乱した。

「んん、んんん……う、ん……っ」

「……俊のフェラは極上だろう。ゆっくり楽しめ」

チュ、と唇を離した水流添が耳元で囁く。低い声にも感じて真己は身もだえた。

「あ、あ……ああ……」

くわえてもらったのは初めてだから、特上なのか極上なのかわからないが、真己のそこは素直に正直に反応して、俊の口の中ですっかり成長してしまった。ゆっくり穏やかに真己をなだめるような舌使いだから、一気に昇り詰めるような快感ではない。けれど腰がグズグズと溶けていくような快楽で、真己はそれに夢中になった。水流添がたっぷりとジェルを使って真己の孔をほぐしにかかる。

「あ、あ、水流添さ、ああ……」

「まだ柔らかい。ほら、簡単に一本入る」

「あ、あ、それ、い……いい、ああ、いい……」

口走った真己の腰が、無意識に揺れる。たった一度で入り口を摩擦される快楽を覚えてしまった。可愛いなぁと水流添は言い、俊は真己をしゃぶりながら目を細めた。昨夜よりはずいぶんと早く三本の指を呑みこませた水流添が、俊に目をやって言った。

「中いきできる体かいじってみる。おまえ外から押せ」

「んー」

チュパッと真己を口から出した俊が言う。

「昨日真己感じてたぞ。中と外と両方やったら、ソッコー開発終了だろ」

「中でいけると後ろ使ったセックスが苦痛じゃなくなるからな。是非とも開眼していただきたい」

「俺とゾエの二人で可愛がられて、真己も可哀相だな。もうほかの奴とやっても満足できねーぞ」

「真己をほかの男に抱かせるわけがねぇだろうが」

「あんたさ、真己と喋る時はすかしてるよな」

「真己はいい子だから乱暴な言葉は使わねぇようにしてるんだよ。ああ、膨らんできた」

水流添が内から、俊が外から、体の中の弱いところを攻める。そこからゾワゾワゾワッと寒気のような快感が広がって、腰が抜けたようになって、体に力が入らない。やだぁ、と甘え声で訴えた真己がぐにゃりと水流添の胸の中に崩れた。

「あ、あ……そこ、駄目……ああ、やだ……」

体の中でなにかをゴリゴリと押し揉まれている感じがする。俊はたまにあそこにキスをするだけで舐めてもいないのに、こすっている時のようにジクジクしてくる。声が抑えられない。俊が嬉しそうに言った。

「カッワイイ、アンアン言って、汁ダラダラ漏らしてさ〜」

「ジンジンしてるってところだろう。もうチョイで泣くぞ」

「いかせんの?」

「馬鹿か。最初は俺のものでいかせるに決まってるだろ」

水流添が言ったとたん、悲鳴をあげた真己が仰け反った。

「あああっあっ、ひぃっ」

「お、来たか。真己、気持ちいいだろう」

「ああっ、やだ駄目っ、やだやだ、ああっあああっ」

「真己は色が白いから、体が染まると本当に綺麗だよな」

「あっあっ……っ、ひ、ひいぃ……っ」

真己が水流添の腕の中でまた一つ仰け反ったところで、水流添と俊は攻めを止めた。真己の体からがくっと力が抜ける。寸止めのタイミングが水流添も俊も絶妙だ。朦朧とする真己の首筋にキスをすると、水流添は俊に言った。

「ちょっと真己を抱えててくれ」

「おー。ほら、おいで真己。俺に抱きついてな」

俊が真己の腕を首に回す。体の熱を持てあました真己が、んんん、と甘く泣いてすがりついた。たまんねぇと言って嬉しそうに笑った俊が、ギュッと真己を抱きしめる。その間に水流添は衣類を脱ぎ、自分のモノを数回扱いてがっちり硬くすると、真己の腰を掴んでベッドから立ち上がらせた。足に力の入らない真己がぐにゃっとする。おっと、と言った水流添は真己の腹に腕を回して抱き支えると、もう片手で器用に真己の孔に自身を押しつけた。ぐ、と腰を進める。

「ああ、あ……」

小さく泣いた真己の孔は、昨日よりもずっとたやすく水流添を呑みこんだ。ゆっくりと深くまで押しこんだ水流添は、両手で真己の腰を掴んで支えた。

「俊、いいぞ」

「は？　なにが」

「なにがって真己を食うんじゃなかったのか」

「……俺のタッパじゃ、台に乗らねぇと入れられねぇんだよ……」

睨みつけて俊が言う。水流添はこんな状況だというのに声を立てて笑ってしまった。真己がビクッとしたので、ごめん、と耳朶に囁くと、つながっているところにたっぷりとジェルをたらして腰を使い始めた。ゆっくりした動きだが、押しこむたびに真己が小さく苦しそうな声を出す。俊が真己の首にキスをして、あやすように言った。

「よしよし、今気持ちよくしてやる」

真己のそこへ手を伸ばし、なんともぬるい愛撫をする。それでも真己は感じて、ああ、と泣いて腰をくねらせた。

「あー、やっぱ中まで締まる。たまんねぇ」

水流添が熱い息をこぼして言った。ゆっくりだった動きを少しずつ速めれば、真己の嬌声も高くなる。さすが恋愛詐欺師という腰使いで真己を攻めていると、前ぶれもなく真己が悲鳴をあげた。

「ああぁっやっやだっ、そこやだ駄目、やあぁっ」

暴れているのかと思うほど身もだえる真己を抱きしめて、俊はニヤニヤしながら言った。

「当ててんのか、ゾエ」

「いや、ふつうにピストンしてるだけだ。当たるんだな」

「真己の中いきに合わせろよ。中でいってからもズコズコされると発狂しそうになるからな」

「悦くてだろ？　いいじゃねぇか」

「じゃあ今度あんたに潮噴かせてやる。どんだけきついか体験しな」

「わかった、無茶はしない」

俊に真面目な顔で叱られて水流添は反省した。抱かれたことがないから中でいくという経験もないが、以前、精液マニアのブリーダーを罠にかけていた時、出すものがなくなってもしゃぶられ続けた。その時には快感が、怒りを呼ぶほどの苦痛になった。それを思いだし、きっとそういう状態になるんだろうと納得して、自分の性感を高めることに集中した。真己は水流添がどう動いてもいいところを突かれ、こすられるので、悦くて悦くて半狂乱だ。

「やだ駄目っ、やだやだっああ、あ……っ、あ、あ、ひ……っ」

鋭く息を吸った真己が、そのまま呼吸を止めて体を痙攣《けいれん》させた。頭の中が真っ白になって、体が溶けてしまったのではないかと思うほどの深い絶頂感に飲みこまれた。大きな波が去っても体のあちこちがピクリ、ピクリと跳ねる。

タイミングを計っていた水流添は、真己をいかせるのとほぼ同時に自分も真己の中に放った。ふう、と大きく息をつき、俊にすがりついている真己の腕を引きはがすと、真己の中に入れたままベッドに深く腰掛けた。まだ硬さを残している水流添が奥の奥まで入り込む。真己は、やだぁ、と泣いた。

「いや……深い……」

「俊のことも抱いてやってくれ、真己」

うなじを軽く吸ってあやし、俊に言う。

「ほら俊、これなら乗れるだろ」

「待ってました」

俊はちろりと唇を舐めると、一枚だけ身につけていた下着を脱ぎ去った。ベッドに乗ると、手のひらで温めたジェルを、可哀相に白いものまで垂らして硬く立ち上がっている真己に塗りたくる。たったそれだけの刺激で真己は体をふるわせた。

「あ、あ、いく……っ」

「チョイ我慢しろって、真己。今よくしてやるから」

俊は水流添に乗っかったままの真己の腰を膝立ちで跨《また》ぐと、今にもいきそうな真己をそっと握って自分の孔に押し当てた。

「いくなよ……」

いやらしく目を細め、真己の硬さを味わうように、ゆっくりと腰を落としていった。

「俺の、嫁の、筆下ろしっと……」

「ああ、あ、俊さ……」

「気持ちいいか、真己？」

「ん、ん、気持ち、い……」

「あーもー、可愛いなぁ。ほら真己、チューしよう」

「あ、ん……」

俊にキスをされながら、新たに知った快感に真己は浸《ひた》った。温かな俊の中に包まれると、なんともいえない安堵感とキュッと締め付けられるゾクゾクする快感、二つを同時に味わえる。俊が腰を揺すり始めると、あそこがじんじん痛むほど感じた。

「ああ、いい、いい……っ」

あんまり気持ちよくて俊を抱きしめようとしたが、水流添に腕ごと抱え込まれて抱きつくこともできなくなる。

「あ、あ、俊さん、出る、出る……っ」

「ゴムしてねぇんだから、俺の中に出したら駄目だろ」

「あ、そんな……っ、ん、ん、う、動かないで……っ」

俊の言葉を真に受けた真己が必死で我慢する。あえぎながら身もだえていると、後ろに入れられたままの水流添が、ドクン、と大きくなるのを感じた。真己はヒッと息を呑み、やめてくださいと水流添に言った。

「やめて、あ、あ、水流添さん、お、きく、しないでくださ、ああ俊さん、そんな、動かないで……っ」

「なんだゾエ、真己にキュウキュウ締められて復活か」

「おまえの中がよっぽどいいんだろ、すげぇエロく締めてくる。おまえはどうだ、俊。真己の童貞、いいか？」

「ジャストフィットって感じ。太くもなく短くもなく、いい具合にカリが引っかかって気持ちいい。真己も気持ちいい？」

俊はせっせと腰を動かして真己を食らいながら尋ねた。真己はうわごとのように、いい、気持ちいい、と言う。そこで水流添が軽く真己を揺さぶった。

「ああ、やっ」

「真己、俺と俊とどっちがいい？」

「あ、あ、気持ち、気持ちいい、いい……っ」

「なあ真己。俺に後ろを突かれるのと、俊に前を食われるのと、どっちがいいんだ？　教えてくれ」

「わか、わかんないっわかんないぃっ、ああ、ああっ、もう駄目っ、も、いく、いく……っ」

真己の腰がぶるっとふるえた。すっかり復活した水流添をギュッと締めつけて後ろで感じ、自分の体を使って巧みに真己をこすってくる俊であそこも感じ、性感という性感を煽られる。あまりの快楽で前後不覚になった真己は、自分でも知らぬうちに艶《なま》めかしい声をあげて、搾り取られるように俊の中に出した。

水流添と俊に朝食を提供し、事務所へ送り出したあと、真己はいつものように弁当を三つ作ると、近くのスーパー……といっても六本木ど真ん中のスーパーなので高級スーパーだが、そこへ行って食材などの買い出しをした。

「明日も唐揚げって、俊さん、本当に唐揚げ好きだよな」

出勤間際の俊にリクエストされたのだ。週に二回は唐揚げをリクエストされるが、副菜を工夫して飽きないようにしているし、本当においしそうに俊が食べてくれるので作りがいがある。水流添も、いつもおいしいおいしいと言って、作ってくれてありがとうと真己を労《ねぎら》ってくれるし、たまのリクエストも寿司が食いたい、鰻《うなぎ》が食いたいと言っては外食に連れ出して、食事作りを休ませてくれる。たいてい3Pになってしまうセックスも含めて、人に説明ができない奇妙な関係だが、真己は三人での生活に満足し、幸せだった。

マンションに戻って夕食の下ごしらえをすませると、十一時半には事務所に着くように部屋を出た。あれから水流添と俊、二人がかりで口説かれて、水流添の輸入商社「株式会社クシュブルーム」に正社員として入社した。とはいっても九時五時勤務ではなく、正午から五時までだ。

「えっ、午後からなんて、正社員じゃないですよ!?」

驚く真己に、水流添が、いいんだよ、と言う。

「短時間正社員てのがあるんだ。週五日、一日五時間とか、週四日、一日八時間とかな」

「へぇ〜……知りませんでした」

「午前中は俺が事務所にいるから電話番の仕事もない。午後は俺は外回りだし、俊はいたりいなかったりだから、午後を真己に任せたい」

「ありがとうございます、頑張ります。あの、一般事務ってことでいいんですか？」

「できれば簿記の知識も欲しいところだけどな。会計ソフトは入れてあるが、消費税の処理なんか商社特有のものがある。それはソフトが自動でやってくれるわけじゃないから」

「じゃあ資格取ります。通信教育なら家でいつでも勉強できるし。あの、貿易事務？　とかは……」

「それはいい。俊くらい英語ができないと無理だからな」

「そ、それは、無理ですね……」

　真己は情けなく笑った。輸入会社を経営しているだけあって、水流添も英語は堪能だが、俊はネイティブではないかと思うくらいに喋れる。ただし水流添に言わせると、正しい英語ではないらしい。日本語で言えば学生同士の会話のように、マジ、とか、パネェ、とか、ぶっちゃけ、などを織り交ぜた、若者の口語なのだという。輸入に関係する書類も、もちろん読めるが、書くのは綴りが壊滅的に駄目なのだそうだ。だから書類関係は水流添が受け持っている。そして真己には、その他の事務全部を任せたいということだった。

「経理の仕事なんて見たこともないけど、お金の流れは会社のキモだからな。しっかりやらないと」

貿易以外の事務をほぼ一人でこなすのだ。やりがいがある。名刺も社員証も作ってもらったし、ここも寮ということにして住民票も移した。両親には転職したと伝えたし、ひとまず現在の真己には不安も心配もなくなった。それになりより……。

「……好きな人が、いる……」

そのことが、信じられないくらいの幸福を真己に与えてくれる。

彼女がいなくてもなんとも思わなかったし、彼女が欲しいとも思っていなかった。自分は恋愛に興味がないのだろうと思っていたのに、水流添に、本当に落とされるという感じで恋をしてしまった。もちろん、性格も人柄も……蟲憑きとはいえ人を殴るような怖いところはあるが……概《おおむ》ね穏やかで冷静で信頼できるし、なにより真己を本当に大事にしてくれる。

「本当は俺、ものすごい恋愛体質なのかもな……、自分で気がつかなかっただけで」

キスをされたり体を重ねたり、好きだとか愛しているだとか言われたり、行動で真己を大切にしていると示してもらうと、水流添のためにできることならなんでもやる、と思える。水流添を誰かに取られないために、できることを精一杯……愛情も、日々の気配りも……しよう、ではなく、したいと思うのだ。もちろん俊のことも、水流添とは好きという感情の位置は違うが、とても大切だ。

「きっと片思いでも、おんなじことを思うんだろうな……」

人を好きになるって不思議だな。そんなことを考えながら事務所のデスク……水流添のデスクの隣に設置してもらった、いわゆる役員用机と言われるデスクに着くと、飾り棚の商品を入れ替えている水流添を眺めた。上着を脱いでいるからベスト姿だが、ベストを着た背中が色っぽい。すっと立ち上がった水流添がこちらへ向かって歩いてくる。ただ歩いているだけなのに格好いい。

（女性は百合《ゆり》の花ってたとえられるけど、男はなんて言うんだろう。竹？　いや、竹だと堅い感じがするもんな。……ああ、今日もすごい美男……）

美人は三日で飽きると言われるが、美男は毎日毎晩見ていても飽きないと思う。顔で好きになったわけじゃないからかな、などと考えていたら、水流添がデスクを回ってきて、ふと視界が陰ったと思った時には、チュ、とキスをされていた。

「……っ」

我に返った真己が赤面すると、水流添はふっと笑った。

「見とれるほどカッコイイ？」

「……っ、か、格好いいです、お世辞抜きで……っ」

「真己はお世辞抜きで可愛い」

水流添はよしよしと真己の髪を撫でながらデスクに腰を載せた。

「今日のお弁当はなんでしょうか」

「あ、カレーチャーハンです。おかずは鶏の照り焼きとゆで卵と、温野菜のサラダです」

「真己のカレーチャーハン、大好きなんだ。と申しますか、真己のごはんはなんでも大好きなんだが」

「ありがとうございます」

「愛してるよ、真己」

そっと唇にふれられた真己が赤面したところで、俊が外出から戻ってきた。

「たっだいまー、腹減ったー」

「あっ、お、お帰りなさいっ。今日はカレーチャーハンで……」

そこまで言った真己は目を見開いた。なんと俊が学ランを着ているのだ。唖然とする真己に俊はニヤリと笑った。

「可愛いだろ」

「可愛い……本物の男子高校生に見えます……」

「大手芸能事務所の会長の孫ってことで東央《とうおう》テレビに行ってきたところ。ゾエ、今度のブリーダーは面倒だぞ」

俊が言うと、真己の髪を撫でたり梳いたりしていた水流添が、ああ、と言って俊に半身を向けた。

「国民的人気アーティストだからな。だけどバイなんだろ？　なら落とせる」

「どうかなー。バイっつーか、初物食いが趣味って奴だよ。老若男女関係なく、初物しか手を出さねぇっぽい。どうする？　受ける？」

「金は」

「言い値で払うってさ」

「受けた」

即決だ。真己がビクッとすると、うん？　と言って、水流添は優しい笑みを浮かべた。

「心配か？」

「……はい」

正直にうなずく。蟲取りに失敗したら、逆に水流添が蟲に憑かれるのだ。そんな真己を見つめて俊が言った。

「いいのかよ、真己。恋愛詐欺を仕掛けるんだ。ゾエはその芸能人と寝るんだぞ」

「それは俊さんも同じでしょ？　俺っていう嫁がいるのに、可愛い子好きの変態にさわらせてる」

「いや、馬鹿、違うだろっ。真己は俺の大事で大切な可愛い嫁だろ、ブリーダーなんかとは次元がちげーんだよっ。奴ら見かけは人間だけど、中身は蟲だぞっ」

「でしょ？　おんなじ理由で、水流添さんがブリーダーとセックスしても大丈夫です。俺が男だからなのかもしれないけど、仕事で、相手に情の欠片もないなら、お二人が誰とエッチなことしても嫉妬しないし、ムカつかないし、というか逆にお疲れ様と思うんですよね」

「……よくできた嫁だな、真己……」

「いや、あの……水流添さんが、俊さんもですけど、す、好きだと思ってくれるのは、俺だけだってわかってますから……っ」

自分で言っておきながら真己は赤面した。俊はたちまちキュンとした表情を浮かべ、水流添などはギュウウと真己を抱きしめてしまったほどだ。二人から、本当に真己が好き、大好き、愛してる、真己だけ、と甘い言葉のシャワーを浴びた真己は、恥ずかしくなって、真っ赤な顔で言った。

「お、お昼ですからっ、お弁当食べましょうっ」

水流添をグイと押しやって、デスク脇の棚から弁当の入った保冷バッグを取った真己は、あれ、と言った。

「どこから入ってきたんだろう、蝶がいますよ、逃がしてあげないと」

南のほうにいそうな、手のひらほども大きくて、色鮮やかな美しい蝶だった。捕まえようと椅子を立った真己を、背後から水流添が抱き留める。

「さわったら駄目だ。あの世に連れて行かれるぞ」

「……え？」

「あれは極楽蝶だ。糸川についていた女王蟲がやっと羽化したんだな」

「うわっ、あれが!?」

ゾッとした真己が水流添の腕にすがりつくと、蝶は天井をすうっと通り抜けて消えた。真己は思わず椅子にへたり込んだ。大きさも、せわしなく羽ばたく翅《はね》も、幾何学模様のような原色の美しい模様も、しっかりとこの目で見た。それなのに幻のように天井をすり抜けていったのだ。変な言い方だが、本当にこの世の生物ではないのだと実感した。

そんな真己を、水流添と俊がじっと見つめる。ギクリとした真己は、なんですか、とうわずった声で尋ねた。

「なんでそんなに見るんですか……、ま、また俺、なんか、変になってるんですか……!?」

「変というかな」

頭の上で水流添が答える。

「ブリーダーがいなくなったどころか、女王蟲自体が羽化して蝶になったっていうのにな」

「……まさか……」

真己は顔を引きつらせた。最初に蟲が見えたのは、餌として唾をつけられているからだと教えてもらった。その女王蟲が捕らえられ、糸川も蟲憑きからふつうの女性に戻った今、餌ではなくなった真己に蟲関係が見えるはずがないのだと思い至った。それなのに、蟲どころか蝶が見える……。

ごくり、と唾を飲みこんで水流添を凝視すると、俊が、てめぇのせいだぞ、と水流添に悪態をついた。

「てめぇが真己ん中に遠慮もなくドクドク出すから、ゾエの蟲取り菌がうつったんだ」

「……っ!?」

真己がおののいた目で水流添を見る。水流添は、違うんだ真己、と言って、落ち着けという身振りをすると、唸るように俊に言った。

「ふざけたことを抜かすな。おまえだって最初から蟲が見えてたじゃねぇか。おまけに踏み潰しやがって」

「あんたが蟲壺から落としたからだろっ。地面にキモイ蟲がいたらふつう踏むじゃねーかっ」

「ふつうの人間は、俺が蟲を持ってても落としても見えないだろうが」

「あ」

そういえば、という表情で俊は水流添を見つめ、その視線をゆっくりと真己に移した。

俊と水流添、二人から改めて見つめられて、真己は体を硬くした。やめろ、言うな、と心の中で願っていたのに、水流添がのんびりと言った。

「真己も蟲取りの才能があるんだな」

「……やめてくださいっ、ないないっ、才能なんかありませんっ」

「いやー、唾をつけられてるせいだとばかり思ってた」

「いやいや、違う違う、俺蟲なんか見えませんからっ」

「蟲よりももっと見えない蝶が見えたくせに？」

「見てませんっ、蝶なんか見てません……っ」

思いきり白《しら》を切ったが、当然そんなものは通用しない。そばに来た俊がデスクに腰を載せると、ニヤニヤしながら言った。

「いいタイミングだったな、ゾエ。真己、使えるぞ」

「おい、真己を使うのは、…」

「俺はもう面が割れてるから無理。あんたのツラじゃ童貞なんてまず信じられねぇだろ。ケツはバージンかも知れねぇけど、女食いまくってきたような男は奴の好みからは外れる」

「つまり初心《うぶ》が奴の好みなのか。女ならバージン、男なら彼女いない歴年齢か、一人、二人とは付き合ったことがあるが、ケツはバージンて奴」

「そーそー。依頼してきた事務所の社長に聞いたんだけど、最近は金で揉み消せねぇような、…」

説明しかけた俊を、シーッ、と言って水流添が止める。

「真己に聞かせるな」

「ああ、悪ぃ。でもとにかく真己は極上の餌になるぞ。おっとり上品な綺麗可愛い顔で、親しくない奴にはクール、その実どうでもいいと思ってるだけだから簡単にはなびかない。そのくせ真面目だしビビりだし、親切にしてもらうと馬鹿みてぇにありがたがる。あんたが最初に言ったみたいに、この世の悪事とは無縁て感じで、初心の見本だ」

「……そうだなぁ」

あごをこすりながら水流添が言う。水流添さんまで、と真己がショックを受けると、考え考え水流添は言った。

「奴がこれまで使ってきた手口を総動員しても真己はなびかない。躍起になるだろうなぁ」

「水流添さん、待ってください、水流添さんっ」

「……よし。真己、ブリーダーを引っかけてくれ」

「無理ですっ」

真己は顔を青くして即答した。

「恋愛詐欺なんて俺できませんよっ。好きでもない男となんかセックスできないっ」

「そこまでさせるわけがないだろう。真己に夢中にさせてくれりゃいい。そうしたら俺たちが介入するから、真己は家でテレビ見てればいい」

「いやでも俺、演技とか、本当にマジ無理なんですっ」

「演技はいらない、素の真己でいい。キモッ、と思ったらキモイ顔を見せていいんだ」

「で、でもっ、だけどっ」

「なあ真己、手伝ってくれないか。他人様に憑いてる邪悪な蟲を捕りたい。他人様を不幸から救いたいんだ」

水流添はそう言って、背後から真己をキュッと抱きしめた。聞いていた俊が思わず下を向いて笑いをかみ殺したくらい、水流添の言葉は偽善と欺瞞《ぎまん》に満ちている。けれどやっぱり善良な真己はその言葉を信じ、しばらく逡巡してから小さくうなずいた。

「……できるかどうかわからないですけど、俺たちにしかできない人助けですもんね」

「ありがとう、真己」

水流添がさらに強く真己を抱きしめた。俊は我慢ができなくなったのか、思いきりゲラゲラと笑うと、笑った理由をごまかすために言った。

「そんなマジになるなよ。あのアーティストに会えると思えば楽しいじゃん。旨い飯でも食わせてもらってさ、ギョーカイの裏話でも聞かせてもらいなよ」

「そんな軽くていいんですか!?」

「いい、いい。あっちが一方的に真己を欲しがるんだ、真己は接待受ける気持ちでいりゃいいんだよ」

「それなら……、なんとか、なるかも、です……」

真己は表情を引き締め、それから思いついたように水流添に言った。

「でも、問題がありますよ」

「うん？　なんだ？」

「俺、その、水流添さんと俊さんのおかげというか、ど、どっちも、初体験はすんじゃってますから……っ」

「前も後ろもなっ」

俊が混ぜっ返す。真己はコクコクとうなずいた。

「そうなんです……っ、一回二回ならいいけど、結構しちゃってるし、その、ブリーダーの好みの、なんというか、未経験の人には、見えないんじゃないかと……っ」

「ほぼほぼ3Pだしなっ」

また俊がゲラゲラ笑う。水流添はニヤニヤしながら真己の頭を撫でた。

「大丈夫だ。俺たちはそんな下手な抱き方はしない」

「は、はい？」

「そーそー」

俊が口を挟んだ。

「俺たちは毎度真己をドロドロに可愛がってるけど、真己の下僕《げぼく》のつもりで抱いてるからな。真己は十分、童貞バージンに見えるよ」

「え、いや、それは、どういう……？」

「心配すんなってこと。真己が仕掛けにかかったら、俺かゾエがそばにつくからさ」

「はい……。じゃあ、その、僭越《せんえつ》ながら、恋愛詐欺師？　デビュー、します……」

真面目な真己が生真面目なことを言う。俊はまたゲラゲラ笑ったが、水流添はにっこりと素敵な笑みを見せ、真己を椅子から立たせるとデスクに押し倒した。

「つ、水流添さん……!?」

「真己は詐欺師なんかじゃない。俺たちの大事なお姫様だ」

「ちょっと待ってくださいっ、ちょっと、駄目駄目、脱がさないでっ」

「そーそー真己はずっと俺たちにお姫様として可愛がられてな」

「俊さんまでっ、やめてください、ここ会社ですよっ、なに考えて……っ」

抗うが、いつでもどこでも体を含めて真己を溺愛したい男二人には敵わない。真昼の新橋の高架下、さらにその地下にある怪しい事務所で、真己は、お姫様はお姫様でも、溺愛お姫様プレイに引きずり込まれた。

あとがき

こんにちは、花川戸菖蒲《はなかわどあやめ》です。レーベルは変わりましたが、久しぶりのイーストプレスさんからの発刊です。ドキドキしています。

なにか悪い男が書きたいなぁというぼんやりしたところから取りかかった今回のお話です。主人公の真己《まなみ》は、男だろうが女だろうが庇護欲をかき立てる、変なフェロモンでも出ていそうな青年です。本人、非常に真面目なんですが、真面目故に親切にされるとコロッとその人のことを信じてしまう、危うい子です。彼氏の水流添《つるぞえ》は恋愛詐欺と言われる裏家業をしています。人の心に巣くう悪い蟲を、恋愛詐欺を仕掛けながら退治するお仕事です。詐欺なので本当の恋愛とは無縁の暮らしを送ってきましたが、そこで真性善良な真己と出会い、危うくて放っておけないところに惚れてしまいます。恋愛詐欺やら人に取り憑く蟲退治やら、真己にとって水流添は全く信用できない男ですが、真己自身が蟲から餌として狙われているとわかり、助けてもらうには水流添を頼るしかないという状況になり……。水流添と、水流添の仕事上のパートナーで、完璧な美少女に変装できる俊《しゅん》にも溺愛される真己の、翻弄されまくりのお話です。ぜひ読んでみてください。

イラストをつけてくださった白崎小夜《しろさきさや》先生、ありがとうございました。バリバリのホストゾエに爆笑しました。かっこいい!!　甘々ふわふわな真己も可愛くて、これは汚れきったゾエと俊もハマるな、とにやにやしてしまいました。個人的に俊が好きなので、イメージ通りに描いていただいて俊愛が燃え上がりました。ありがとうございました。

担当様、いろいろ迷走してご迷惑をおかけしました。なんとかまとまってよかったと思っております。俊、可愛いですよね!!

最後にここまで読んでくださったあなたへ。またしても変なファンタジーのような話を書いてしまいましたが、これ本当に久々に純粋に楽しく書いたので、あなたにも楽しんでいただけたらと切に切に思っています。

二〇一九年四月吉日

花川戸菖蒲

Splush文庫

この本を読んでのご意見・ご感想をお待ちしております。

◆ あて先 ◆

〒101-0051

東京都千代田区神田神保町2-4-7 久月神田ビル7階

㈱イースト・プレス　Splush文庫編集部

花川戸菖蒲先生／白崎小夜先生

恋愛詐欺師《れんあいさぎし》はウブの虜《とりこ》

2019年5月30日　第1刷発行

著　者　花川戸菖蒲《はなかわどあやめ》

イラスト　白崎小夜《しろさきさや》

装　丁　川谷デザイン

編　集　河内諭佳

発行人　安本千恵子

発行所　株式会社イースト・プレス
〒101-0051
東京都千代田区神田神保町2-4-7 久月神田ビル
TEL 03-5213-4700　FAX 03-5213-4701

印刷所　中央精版印刷株式会社

ISBN 978-4-7816-8621-9